Bärenstarke Essays und Gedichte

Phil Humor

ISBN: 9798605918769
Auch als E-Book: 978-3-7487-2770-5

Stephan Lill
Birkenhorst 5b
21220 Seevetal

Cover: Sovka/bigstockphoto.com

phil.humor@gmail.com
https://www.bookrix.de/-philhumor
http://www.youtube.com/PhilHumor
http://www.facebook.com/Phil.Humor

Inhalt

Bärenstarke Essays und Gedichte

Essays:

Balance * Carpe diem – oder auch nicht * CO2 * Coolness * Denglisch * Die Mode und der Fehlkauf * Ernährung, Superfood, Smoothie-Wahn * Fremdwörter * Häuser * Magie der Sprache * Männer und Frauen * Ode an die Freude * Rätsel * Simulierte Welt * Verhör-Meister * Wer schwört auf Verschwörungstheorien? * Verwechslungen * Wenn alle Stricke reißen

Gedichte:

Arkadien * Abiturient * Luzifer und der Besen * Das geheimnisvolle Tor * Der Wald * Die Waldhütte * Feuerwerken * Full Speed * George Sand * Geschenke * Hunde sind Gold wert * Im Bilde sein * Lebkuchen * Mein lieber Schwan! * Wolkenkratzer-Fanatismus * Nebel-Skulpturen * Raum-Zeit-Fantasie-Kontinuum * Roboter * Schach * Selfie-Sucht * Spesenritter * Sprachlosigkeit * Streifen * Täuschung * Und und Undine * Vom Werfen * Vorsätzlich fahrlässig * Wie feiert der Osterhase Weihnachten? * Zweifel zweifelt

Man bemüht sich ja immer um Fröhlichkeit ... aber bemühte Fröhlichkeit hat so einen Depri-Effekt; man müsste das Leben tatsächlich witzig finden, über seine Scherze lachen können; aber meist bekommt man es gar nicht mit, dass es sich als Komiker versucht. Es steht armwedelnd da vor einem – und man interpretiert das völlig falsch. 'Bierernst' und 'Eminent wichtig' sind die Schlagworte, die einem dazu einfallen. Aber will das Leben ernst genommen werden? Wäre es auch okay, wenn man ihm eine gewisse Leichtigkeit bescheinigt? Man ist immer so nah dran an den Ereignissen, unmittelbar betroffen; Betroffenheit und Albernheit scheinen nicht gut miteinander zu können. Wem ist geholfen, wenn man richtig übellaunig ist? Freundliche Dämonen fragen an, ob man mit ihnen Handel treiben möchte. Schlechte Gefühle werden hoch gehandelt auf dem Jahrmarkt des Missvergnügens. Man kann da gute Preise erzielen. Von der Büchse der Pandora kursieren da etliche Kopien. Man käme sich direkt albern vor, wenn man da mit einer Wundertüte voll mit Zuversicht und Munterkeit ankäme. Es hat alles seine Berechtigung, kein Gefühl muss sich dafür schämen, dass es sich zu Wort meldet.

Mitleid im Dauermodus, das ist doch so, als wenn man immer im dritten Gang fahren würde; man muss doch auch mal runterschalten – oder auf die Bremse treten. Gas geben, sich steigern können. Lass mal die Gefühle ans Steuer, sollen sie Spaß haben. Sich verdrängen lassen von einem dominierenden Angeber-Gefühl? Sei es Mitleid, Grimmigkeit, Gelassenheit. Man muss sich nur klarmachen, dass man die entsprechende Gegenseite ja nicht hätte: Sie existieren immer paarweise. Der Kummer ermöglicht Heiterkeit – als ob sie auf einer Wippe sitzen würden – es kommt auf die Balance an, dass sie einander wertschätzen. Was fängt einen auf? Das entgegengesetzte Gefühl. Es steht parat, wartet auf seinen Einsatz. Man kann sich negative Eskapaden leisten, weil die anderen Gefühle nur auf ihren Auftritt warten. Wenn immer nur das Mitleid auf der Bühne stünde, dann hält es vielleicht grandiose Monologe, aber das

Stück verlangt nach mehr. Da darf auch gemotzt werden; reichlich fluchen, dem Leben Vorwürfe machen. Dem großen Schimpf-Dämon die Stichworte zurufen. Seiner Enttäuschung Ausdruck geben können; meinetwegen kann sie es auch wie ein Opernsänger der Welt verkünden.

Ist ja auch nicht immer Schönwetter; man kann es schneien lassen, stürmen – man macht sich sein Seelen-Wetter; hat aber auch die Möglichkeit, die Sonne einzuladen. Der Winter hasst nicht den Sommer. Nur derjenige, der gar nicht wagt, für den schweigen alle Jahreszeiten. Man kann unversehens den Winter beschwören; er weiß gar nicht, wer ihn gerufen hat. Man kann auch den Sommer hinzubitten – mitten im tiefsten Winter – wie eine Wetter-Oase; das macht dem Sommer gar nichts aus. Nur wenn er mit Gleichgültigkeit konfrontiert wird, wenn er nicht das Gefühl bekommt, dass man sich wahrlich über ihn freut, dann ist er zuweilen doch recht brüsk. Man sollte eher an den Schaltern der Gefühle sitzen, ihnen eine gewisse Unabhängigkeit von den äußeren Gegebenheiten einräumen, verschaffen. Das Prinzip der Ambivalenz: Vom Tag nicht erwarten, dass er 24 Stunden Sonne bietet – auch die Nacht braucht einen Anwalt, der sie verteidigt. Dunkle Stunden wertschätzen, in ihnen ist seltsames Gold, als ob man es im Traum geschürft hätte. Die Fröhlichkeit bekommt einen ganz anderen Stellenwert, wenn man sich mit der Traurigkeit unterhalten hat.

Vielleicht auch so etwas wie eine Bilanz: Jeder Mensch hat etwas, das zu seinen Gunsten spricht und einiges, das ihn nicht so günstig dastehen lässt. Nur der Schoko-Osterhase hat mehr als eine Schokoladenseite; muss man sich mit abfinden. Das Leben zeigt sich nicht immer von seiner Schokoladenseite. Ist auch die Frage, ob das Universum so etwas hat; es ist von einer unvergleichlichen Gleichgültigkeit; geradezu beängstigend. Kann Menschheit irgendwie seine Aufmerksamkeit gewinnen? Es wird ihm nichts ausmachen, uns zu zerdeppern. Ein Asteroid als Geschenk. Ohne Schleife. Das verursacht schon Unlust-Gefühle.

Die Zulässigkeit von Unmut, heftigster Enttäuschung ... den Zorn-Dämon in sich mit reichlich Stoff versorgen. Gibt es gute Wut? Männer haben zumindest die Ausrede des Modus-Wechsels: Umschalten auf Kampf, Angriff; wecke den Krieger in Dir oder den Wikinger. Wer mag gemütvoll in die Schlacht ziehen? Es gilt ja nicht, ein Gedicht vorzutragen, sondern der Aggression eine angemessene Bühne zu verschaffen. Achilles wäre ohne Zorn doch eher spielerisch veranlagt. Man muss dem Schicksal direkt dankbar sein, dass es einen von Zeit zu Zeit anpöbelt, man kommt so richtig in Fahrt, hat die Gelegenheit, alles und jeden ausreichend mit Flüchen zu versorgen, man kann auch nachliefern; Fluch-Potenzial ohne Ende. Voll negativ. Aber wäre man nicht blind für den Charme des Lebens, wenn es fortwährend gleichbleibend dahinplätschern würde, der Göttin Langeweile huldigend? Es ist impulsiv – wie ein gut komponiertes Musikstück; man würde es zerstören, wenn man ihm Beständigkeit und fortwährende Harmonie abverlangen würde. Soll man ihm so begegnen: ganz versessen auf volle Glücks-Funktionalität? Es mogelt gern, es torpediert unsere Absichten – und hat nicht mal ein schlechtes Gewissen dabei. Trotzdem hätte man das Leben gerne zum Freund, man will es sympathisch finden, man dichtet ihm alle möglichen guten Eigenschaften an. Kann sein, dass man insgeheim ein paar Animositäten von sich gibt ... Fluchen als wöchentliches Ritual.

Der Humor hat an sich gar keine Berechtigung in dieser Welt; zunächst bekommt er einige Gastauftritte, dann wird er für länger gebucht. Verwunderung ist sein Markenzeichen. Er schafft erstaunlicherweise die Nähe zu den Dingen, indem er peinlich genau auf Abstand, Distanz achtet. Ganz im Gegensatz zum Ernst, der jede Bewegung der Welt mitmacht, er klebt an der Welt, ihm ist das alles sehr wichtig. Es ist seine Unmöglichkeit, die Dinge ernst nehmen zu können: Der Humor verweigert sich dieser Sichtweise, dennoch findet er die Welt keineswegs lächerlich. Aber er findet weitaus mehr Amüsantes vor, als die Welt eigentlich zu bieten hat; sie weiß davon nichts. Der Humor ist auch ein Brückenbauer – das Abstrakte und das Konkrete, das Winzige und das Gigantische verbindet er mühelos, er weist sie auf Parallelen hin, lobt ihren Auftritt, auch wenn sie das bisher gar nicht als Show empfunden haben. Der Humor erwächst aber nicht aus der Gleichgültigkeit – er braucht seinen Gegenpart – den Ärger über die Welt, die Verwunderung. Vorher grollen, um dann die Heiterkeit einzuladen; dann hat man Diskussions-Stoff. Vielleicht geht dem Universum unser Gemecker auf die Nerven? Es sieht das als ungerechtfertigt an. Anmeckern als Hobby. Das Universum mit Fragen löchern und drangsalieren – stoisch schweigt es. Humor als Diplomat; er schafft es, verbindlich zu sein; so als ob man einen Vermieter auf Missstände in der Wohnung aufmerksam machen möchte – Heizung geht nicht, Badewanne läuft über. Ein Unbehagen an der Welt unterwandert die Seele – aber sie hat wie das Immunsystem Abwehrmöglichkeiten. Ein ganzes Arsenal an Gefühlen steht ihr zur Verfügung. Sie kann auswählen. Als wenn es Pfeile in einem Köcher sind. Robin Hood der Psyche. Humor ist einer dieser Pfeile, trifft nicht immer, aber er ist immer noch da, wenn man alle seine Pfeile verschossen hat.

ENDE

Carpe diem – nutze den Tag – sagt sich so leicht. Geht es um Effizienz? In welche Richtung zielt diese Aufforderung? Alles Langfristige hintanstellen, um dem Augenblick alle Aufmerksamkeit zukommen lassen zu können, er ist der Star des Tages, der Stargast. Sein Auftritt. Die Zukunft soll sich nicht einmischen, sie ist noch nicht dran. Pflücke den Tag – ist er denn reif? Was, wenn man überhaupt nicht die entsprechenden Vorbereitungen getroffen hat? Wenn z. B. der Baum noch zur Baumschule muss. Muss reiflich bedacht sein. Für wen nutzt man den Tag: für sich, für diejenigen, die einem wichtig sind? Wem lässt man Zeit zukommen – wie dirigiert man das Zeit-Orchester, soll der Moment die erste Geige spielen dürfen? YOLO – You Only Live Once – Zeit für allerhand Blödsinn, raus aus dem Mittelmaß. Wobei das dem inneren Schweinehund sehr gelegen kommt, der endlich dies lästige Disziplin-Halsband abstreifen kann. Disziplin als selbsternannte Verwalterin der Zukunft. Üben, um eines Tages brillant zu sein. Dem Menschen liegt eigentlich nicht diese Gebundenheit an den einen Tag, er hat weitaus mehr im Blickfeld. Das zeichnet ihn ja gerade aus: die Horizont-Erweiterung, die Möglichkeit der Vorausschau. YOLO – als Aufforderung zur Unvernunft. Braucht, benötigt die Vernunft eine Ausrede? Aber was weiß die Vernunft von Glück? Vielleicht kommt die Unvernunft in der Tat gelegentlich zu kurz. Sie könnte selbst der Wissenschaft auf die Sprünge helfen, da ihre Argumente locker aus der Hüfte geschossen sind; kann ja mal ein Treffer dabei sein. Carpe diem – setzt aber voraus, dass der Tag sich überhaupt ergreifen lassen will; vielleicht soll man von ihm ergriffen sein? Absoluter Passiv-Modus; ihn bestaunen, bewundern. Sternen-Gefunkel. Carpe noctem. Die Nachtseite des Tages entdecken; wenn man ruhig ist, wenn man den Tag sprechen lässt, wenn man bereit ist, ihm zuzuhören. Methode der Eremiten. Oder geht es einfach nur darum, das Diesseits zu feiern? Keine Bonus-Punkte-Sammelei für Jenseits-Tage; sich erlauben, ein Arschloch zu sein. Immerhin könnte ein Asteroid beabsichtigen, sich die Erde demnächst mal genauer anzuschauen.

Was ist dann mit all dem Hickhack und Heckmeck? Alles weg. Am Moment haften – käme einem das vor, als wäre man ihm auf den Leim gegangen? Man umkreist den Moment wie eine Motte das Licht. Merkwürdige Religion dieses 'Carpe diem'. Klingt 'Carpe diem' wie Hohn für jemanden wie Zeus oder Odin? Rar zu sein, macht etwas wertvoll: Wenn man Edelsteine beliebig vervielfältigen könnte, würde ihr Marktwert sinken. Ist es am Ende anstrengend, jeden Tag zu nutzen? Wie ein Kind, das sein Spielzeug nicht mehr beachtet. Der Effizienz-Gedanke schreckt einen ab; stetige Unruhe; hat man auch alles rausgeholt? Wie aus einer Zahnpasta-Tube. Quetsch den Tag aus – als wäre er eine Orange. Die Verpflichtung, alles ganz bewusst zu machen, macht einem bewusst, wie lästig das Bewusstsein so auf Dauer sein kann. Dem Unterbewusstsein nie die Bühne überlassen. Ist das fortwährendes Misstrauen? Ist in Wahrheit dies 'Carpe diem' nur der verzweifelte und anmaßende Versuch des Bewusstseins, unaufhörlich Regie führen zu können, das ist sein Film?

Andererseits könnte man das 'Carpe diem' als Aufforderung verstehen, das Geschenk auszupacken. Diesmal ist es nicht so wie beim Baum der Erkenntnis: Man darf pflücken, ist geradezu aufgefordert dazu. Pflücke, was das Zeug hält. Apfelernte im Diesseits-Tal. Wir schauen immer nach dem Preisschild, misstrauen dem Geschenk. Vielleicht ist das Universum wirklich in Party-Laune – und wir sind ganz miese Gäste? Pflichten, Ziele, Sorgen sorgen dafür, dass die Party-Laune sich schnell verflüchtigt. Ist es ein Befehl? "Nun nutz schon den verdammten Tag!" Wenn uns das so entgegengebrüllt wird, ist das doch eigentlich beherzigenswert. Die Tage ignorieren, ihnen keinen Sonderstatus zubilligen, nicht, dass sie was Außergewöhnliches wären inmitten der sie umgebenden Ewigkeit. Ergreife den Tag – was, wenn man zu doll zudrückt – ein Übermaß an Aufmerksamkeit und Zuwendung? Der Tag im Fokus, er weiß schon gar nicht mehr, wohin er blicken soll ... "Was wollen die alle von mir?" Wobei ungeteilte Aufmerksamkeit eine tolle Sache ist, man fühlt sich wichtig. Braucht der Tag das für seine Performance? Welchen Stellenwert hat der Tag, soll er sich die

Aufmerksamkeit teilen mit dem Gestern und Übermorgen – dann auch noch eine Garderobe teilen? Kann sein, dass der Tag zickig reagiert. Ist er eine Vollblut-Diva – und der menschliche Geist so etwas wie ein ausgehungerter Vampir auf Nahrungssuche? Oder misstraut man ganz einfach den zukünftigen Tagen und wirft sich dem Heute schamlos an den Hals? Date mit dem Heute. Wobei manche das als eine Art Speed-Dating betreiben. Dabei wäre ein nettes Ambiente durchaus angebracht. 'Liebe den Tag' – wäre auch ein schöner Leitsatz, bringt einen gut durch den Tag. Respektiere den Tag, favorisiere den Tag, sag ihm, er sei was Besonderes ... Vielleicht ergeht es ihm so wie dem Froschkönig und er verwandelt sich vor Deinen Augen? Kiss the day.

Man kann dem Tag natürlich auch ein Arbeitszeugnis ausstellen ... Wie hat er sich so gemacht, war er diensteifrig, war er mies drauf, konnte er die anderen Tage motivieren? Dann bekäme 'Nutze den Tag' die Bedeutung, dass man dessen Arbeitswilligkeit auf die Probe stellt. Was ist er zu leisten imstande, kommt er aus sich raus, bleibt er weit unter seiner Spitzenleistung? Ein bisschen Motivation täte ihm gut. Ein paar YOLO-Aktionen – und er ist high, bereit, der Zukunft den Stinkefinger zu zeigen. Doch was ist mit Ataraxie, Seelenruhe? Sollte man der Aktionismus zumuten? Tag als Aktionsfeld, als gespannte Leinwand. Darf man sich als Einfaltspinsel hinsetzen und loslegen? Oder erst üben. Im Verbund mit der Dreifaltigkeit das große Ganze im Blickfeld. Kein Tag steht unverbunden neben den anderen, sie fassen sich gewissermaßen bei den Händen; kein Drängeln, kein Vordrängeln, kein Schubsen. Übertriebene Ordnung hat was Langweiliges. Tage, die aus der Reihe tanzen. Sollte es besondere Carpe-diem-Tage geben? Dann hätte man allen Elan, die aufgestaute Freude am Unsinn und Blödsinn hätte hier ihre langersehnte Chance. Oder jedem Tag sagen, dass er was Besonderes ist, ihm ist so nach Vanitas, ihm ist so elegisch ... Aber gerade das Vergängliche fordert einen ja heraus, es zu gestalten, spontan zu sein, mit ihm zu kooperieren, sich auf es einzulassen. Ein Übermaß an Ordnung würde alles zerstören. Wolken führen ihr Ballett auf, sie geben sich gar keine Mühe, besonders regelmäßig auszusehen, sie sind wild, unbekümmert, sie treiben so dahin, voll relaxed. Machen sich keine Gedanken um Formstabilität. Schön, wenn man beides hat: Disziplin, Kontrolle, Beherrschtheit und die Fähigkeit, loslassen zu können, ein Betrachter zu sein – das Ich mal nicht im Fokus, sondern Zeit zu haben fürs Universum. Das Universum hat es nicht so mit Impulsiv-Entscheidungen, bei ihm ist alles lang geplant. Umso erfreulicher, wenn der Mensch ein Spontan-Geist ist und was Unerwartetes beisteuert.

Natürlich muss man auch die Möglichkeiten haben – 'Nutze den Tag', das nützt einem in der Wüste Umherirrenden kaum etwas, es gibt da einfach nichts zu pflücken außer Fata Morganen. Kann aber auch sein, ihm kommt just in dem Moment 'ne Erleuchtung – gut investiert die Zeit; manche Eremiten brauchen Jahre für eine halbwegs passable Erleuchtung. Autarkie ist 'ne feine Sache, aber die Geier stören beim Nachdenken; vielleicht sollte man gar nicht so viel Wert auf Unabhängigkeit legen?

Oder ist 'Carpe diem' die verzweifelte Antwort des Menschen auf die Rücksichtslosigkeit des Seins: Was mutet es einem da zu – Unannehmlichkeiten in jeder Größe, alles sehr wackelig, die Zukunft eine heikle Angelegenheit, man kann sich noch nicht so recht für sie begeistern? Aber man hat das Heute, man hält sich fest an ihm, man klammert. Das Heute als Hort, als Hafen – bevor es wieder auf das Meer der Zeit hinausgeht ... Das Vergangene schweigt nicht, entsendet seine Wogen. Das Heute als Insel – inmitten eines riesigen Ozeans der Zeit. Die Sucht nach dem Heute, es bietet Halt. Die Sinne stimmen dem zu, hier ist ihr Betätigungsfeld, sie lieben das Präsens.

Man zieht Bilanz: Hat man den Tag gut genutzt, wäre mehr drin gewesen? Welches Maß an Disziplin sorgt für Glückseligkeit? Manche verrennen sich auch völlig – Disziplin ist nicht alles, man sollte von Zeit zu Zeit eine Zielkorrektur vornehmen. 'Freut Euch des Lebens, weil noch das Lämpchen glüht' – Tranfunzel wäre da zu wenig ... Helle sein ... Aber manchmal fühlt man sich in puncto Lebenslust nicht als die hellste Kerze am Baum; wie dimmt man das hoch? Vielleicht hat man doch zu viel Respekt vor unnützen Gedanken, klammert sich ans Alt-Hergebrachte, ein Mainstream-Fanatiker. Mut zu Belanglosigkeiten, das vermeintlich Sinnfreie in den Adelsstand des Sinnvollen erheben.

Den Tag einer Nutzen-Kosten-Analyse unterziehen; was hat man investiert, was ist das Ergebnis? Manche Tage sind nicht nützlich, sie sind einfach schön. An die erinnert man sich am liebsten. Vielleicht gilt das auch für Menschen: Es ist schön, mit jemanden zusammen zu sein; ob er nützlich ist – diese Frage kam niemals auf.

ENDE

CO2

Der Einfluss des Menschen auf das Klima hat zugenommen; insbesondere CO_2 ist ein Problem. Es erhitzt den Planeten und die Gemüter. Sorgt nicht gerade für ein Klima der Toleranz. Wohin mit all dem CO_2? Das Meer will das auch nicht mehr. Wüsten, wie die Sahara, freuen sich: Sie könnten endlich grün werden – es wird wärmer – es geht aufwärts. Spart ja auch Heizkosten, wenn die Winter wärmer werden. Den Küsten wird mulmig: Das Wasser steigt.

Atomkraft wäre eine Möglichkeit – oder aber Windkraft, Sonnenenergie ... und demnächst Kernfusionsreaktor. Man forscht. Der Mensch ist findig. Ihm muss nur erst klar sein, dass er vor einem Problem steht. Ansonsten behält man gerne den bisherigen Kurs bei. Aber darin besteht diesmal die Chance: Es nicht bis zum Äußersten kommen lassen, sondern der Krise vorab den Wind aus den Segeln nehmen. Nicht erst sämtliche Rohstoffe verbrauchen und dann auf dem Trockenen sitzen. Jeden Tropfen Erdöl aus der

Erde wringen, wäre eine Option, aber nicht wirklich smart. Hört sich verführerisch an: Sonnenenergie in der Wüste tanken und damit die Elektroautos weltweit betreiben. Die Wüsten können sich nützlich machen.

1804 hatten wir eine Milliarde Menschen, 1927 zwei Milliarden, 1974 vier Milliarden, 2018 7,6 Milliarden. 2050 vermutlich zehn Milliarden. Das geht fix. Für all die Menschen brauchen wir klimafreundliche Energie. Dinosaurier waren da unkomplizierter. Die Kernfusion hört sich interessant an. Noch ist es Zukunftsmusik, aber es klingt gut. Wir brauchen eine Roadmap. Welche Meilensteine wollen wir erreichen? Zukunft ist planbar – aber es geht um Projekte, die internationale Zusammenarbeit erfordern. Dann könnte man eventuell sogar Asteroiden abwehren. CO_2 wäre dann auch ein Gegner, den man besiegen könnte.

Das Meer versauert, enthält weniger Sauerstoff – wir sollten dem Meer auch mal was Gutes tun. Es nicht verärgern. Anstieg um 4 °C bis zum Jahr 2100 – das hört sich nicht nach Treibhaus an. Aber wir sollten die Dinge nicht treiben lassen. Energiesuffizienz – Energiebedarf reduzieren. Und Energieeffizienz – Energie besser nutzen. Energiegeladen in die Zukunft. Dann macht uns CO_2 nicht k. o.

Bis 2100 steigt der Meeresspiegel um ca. einen Meter. Schätzungen reichen von 30 Zentimetern bis zu anderthalb Metern. Hört sich nicht so gewaltig an; aber warum soll man so eine Entwicklung erst in Gang setzen? Dem Meer gut zureden? Es soll die Küsten in Ruhe lassen? Den Thermostaten etwas runterdrehen. Diese Bemühungen nicht auf Eis legen. Dann bleibt uns das Eis erhalten. Gletscher, Permafrost schmelzen vor dem Charme unseres technischen Fortschritts dahin.

Hemerobie – inwieweit hat der Mensch die Natur beeinflusst, modifiziert. Die Hemerobie wird zunehmen – wir halten uns da nicht zurück. Verlangt ja keiner, dass wir die Natur mit Samthandschuhen anfassen, aber muss es gleich der Fehdehandschuh sein? Wir leben im Anthropozän – in dem Zeitalter, in dem der Mensch das Sagen hat; aber ist es immer klug,

was er sagt? Haben wir einen schlechten Einfluss auf die Natur?
Sollten wir uns zurückhalten? Die Erde hat eine eiserne Natur – und
wir sollten den eisernen Willen haben, es mit ihr nicht ganz zu
verderben.

ENDE

Coolness

Einerseits kann man Coolness nicht kaufen, andererseits
versuchen einem die 'Merchants of Cool' das weiszumachen. Es sei
vermarktungsfähig – eben ein Produkt, mit dem man sich eindecken
kann. Oder man unterlässt es und läuft Gefahr, zur Clique der
Uncoolen zu gehören, die weitab vom Superhelden-Image ihr
armseliges Leben fristen müssen. Mit Coolness kann man nichts
verkehrt machen, man ist abgebrüht, hartgesotten, ausgekocht – na
dann prost Mahlzeit!

Aber 'Cool' ist mehr als ein Modewort – das Phänomen, den
Wunsch gab es schon immer – sich nicht behelligen lassen von der
miesen Laune des Universums. Im Grunde könnte man sich ständig
aufregen, Unbehagen im Dauermodus. Man heißt es ja auch nicht
gut – man zieht sich mental zurück, bleibt cool, man greift nicht ein
– man hält sich das Leben auf Distanz. Eine Allzweck-Waffe gegen
ein All, von dem man nicht weiß, was es bezweckt. Unangenehm
wird es nur durch das Coolnessdiktat: Man hat eben so zu sein. Das
läuft aber dem Coolness-Gedanken zuwider: Der Coole ist nie
derjenige, der den anderen hinterherläuft, er will auch keine
anführen. Er ist kein Rebell, weil er versessen darauf ist, sondern
weil es die einzige Möglichkeit ist, sich seine Unabhängigkeit zu
bewahren – er dreht seinen Lebensfilm in Eigenregie, er braucht
keine Leute, die ihm da reinquatschen. Ich vermute mal, es ist ihm
auch lieber, wenn das nicht allzu offensichtlich ist, er will keinem
auf die Nase binden, dass er die coolste Sau im Dorf ist. Die
richtigen Sneaker als Emblem und Ausweis wären da eher störend.
Andererseits hat der Coole automatisch eine Gefolgschaft – geht

ihm so wie dem Eremiten, dessen Einsamkeit von Fans gestört wird. Coolness hat was Magnetisches.

'Das Gute' ist ähnlich schwierig – wenn man es darauf anlegt, verfehlt man es. Bonuspunkte für die Seele sammeln zu wollen oder gute Plätze im Himmelreich ergattern wollen – das hat nicht wirklich was Selbstloses. Diese Welt offeriert überhaupt keine Gelegenheiten zum Gutsein, der reine Altruismus sitzt auf der Reservebank und wird nie eingewechselt, kommt nie aufs Spielfeld. Man ist immer gebunden an sein Ich, von hier aus bewertet man das, überlegt sich taktische Spielzüge.

Auch Freundschaft und Liebe sind Ziele, die sich nicht so direkt ansteuern lassen. Die Coolness flüchtet geradezu vor einem, nimmt Reißaus, wenn sie merkt, dass man versessen auf sie ist. So schnell lässt sich diese Eigenschaft nicht einfangen; mit welchem Käscher auch?

Die Welt verlangt Emotionen, Anteilnehmen – nur Superhelden sind ungebunden – sie lösen einfach die Probleme, sie haben die Mittel dazu. Man selber kommt sich inmitten des Gefühls-Wirrwarrs vor wie ein Thunfisch im Netz, der nichts mehr tun kann. Gefühle als Feinde, als Widrigkeit. Nur der Coole durchtrennt die Fäden, die ihn zur Gesellschafts-Marionette machen. Nur wird man relativ schnell zu seiner eigenen Statue – man legt sich fest auf das, was für einen selbst als akzeptabel, als cool gilt; man blickt sich gewissermaßen um wie Lots Weib, empfindet das Gestern als verpflichtend. Als ob man sich an Hollywood-Film-Rezepte halten würde: Kontinuität des Erfolgreichen, Fortsetzungen drehen ... Auf einmal wird man überholt – man ist nicht mehr der Avantgardist.

Die 'Merchants of Cool' kopieren einen – Elvis würde sich selbst inmitten all seiner Kopien kaum wiederfinden. Modewörter haben ein ähnliches Problem: immer in Sorge, dass sie von noch cooleren Wörtern ersetzt, ausgetauscht wurden. Woran orientiert man sich nun? Immer der Coolness hinterher? Ist irgendwie uncool. Den Coolness-Kompass nutzen? Dann würde einem die Coolness das Ziel vorschreiben, den nächsten Hafen. Man ist Hedonist, umgibt sich mit jeder Menge Lifestyle-Produkten. Ist das der Weisheit letzter Schluss?

Oder sollte Coolness ein Unterrichtsfach sein? Kann man das lernen, vermitteln? Es würde dafür auch Schulnoten geben. Die meisten versuchen es mit Coolness-Seminaren – bei den Anonymen Uncoolen. Ist Coolness vermittelbar? Es sind keine Tanzschritte – aber Vorbilder prägen. Vielleicht ganz gut, dass Luke Skywalker nicht bei Darth Vader aufgewachsen ist. Ist Coolness Erziehungssache? Wird das vererbt? 'Die Coolness ist stark in unserer Familie', könnte Luke Skywalker sagen. Wie ein Musiker-Gen. Coolness in Flaschen füllen, zu einem Wegwerf-Produkt machen. Coolhunter sind unterwegs; was ist angesagt? Der Coolnessmarkt will gefüttert werden wie ein Jungfrau-süchtiges Meeresungeheuer. Wo kann man Coolness-Nuggets gewinnen, wo kann man Coolness-Brocken extrahieren?

Mitunter fühlt man sich wie beim Windhundrennen: jeder jagt dem falschen Hasen nach – Coolness steht drauf – aber man wird an der Nase herumgeführt; es ist ausgesprochen uncool, sich vorschreiben zu lassen, welche Art Windhund man zu sein hat.

Man möchte sich abheben, aber selbst mit Helikoptereltern klappt das nicht. Vielleicht ist man zu kopflastig? Die Leichtigkeit des Seins hat nichts über für Gedanken-Ballast.

Ist Natur cool? Dem Regen ist es relativ egal, wie er fällt. Er macht sein Ding. Bei Schneeflocken wirkt es zuweilen so, als zelebrieren sie es, ein bisschen Affektiertheit hat Frau Holle vermutlich beigemengt, sie ist eine Künstler-Natur.

Am witzigsten ist es, wenn man sich selber als überaus cool wahrnimmt, aber kein anderer sich diesem Urteil anschließen will. Wieder als Coolness-Geisterfahrer unterwegs. Was soll's? In Gedanken ähnelt man den Vorbildern, man beglückwünscht sich zu dieser überaus guten Performance – schön, wenn man sein eigener Fan ist – der Fan-Club ist sehr überschaubar, aber zumindest sitzt das Ego in der VIP-Lounge.

Wer ist cooler: Clint Eastwood oder Jesus? Der eine vernichtet Menschen, der andere nimmt Anteil an ihrem Leben, versucht, es zu verbessern, aufzuwerten. Er bemüht sich nicht mal um Coolness. Regt sich auch mal auf, wenn es nicht so läuft, wie es seiner Meinung nach laufen müsste. Welche Distanz, wie viele Meter zur Sache? Jesus ist per se Welten entfernt vom Diesseitigen, dennoch ist er involviert, kümmert sich, macht es zu seiner Angelegenheit. Clint Eastwood bevorzugt das Mokante, völlig unberührt vom Geschehen um ihn herum.

Gibt es ein Zuviel an Coolness? Ein Chirurg, der hochkonzentriert bei der Sache ist, mit Coolness kontert, wenn das Stress-Monster seinen überfälligen Tribut einfordern will ... Dann steht es wirklich auf Messers Schneide, da wird Coolness zu einem unverzichtbaren Freund. Mr. Spock ist ohnehin der Meinung, dass Logik das Allheilmittel ist. Aber wenn man jeglichen Kontakt zu seinen dunklen Gefühlen verlöre, zu seinen Dämonen, dann wäre man doch irgendwann – allein mit seiner Coolness – ein eiskaltes Gefühls-Monster ... Denn gerade das Wissen um die inneren Schwächen lässt einen Anteil nehmen, macht Empathie in ihrem ganzen Ausmaß erst möglich.

Führt die ständige Anwendung von Coolness zu Gefühlsarmut, stumpft man irgendwie ab? Als wenn man zu viele Videospiele gespielt hat. Man kommt aus dieser Gemütshaltung gar nicht mehr raus – als ob sich da was verklemmt hat. Das Gefühls-Thermometer steht auf Frost. Megacoolness erreicht.

Wobei das Internet einem dabei behilflich ist, sein Ich zur Schau zu stellen; man kann es zelebrieren; man ist Kunstwerk; wenn man will, sogar Ikone. Instagramisieren der eigenen Befindlichkeit – sich selbst etwas vormachen, man wechselt von einer Pose zur nächsten. Man twittert seinem Unterbewusstsein – dafür schickt es einem im Traum hervorragende YouTube-Filme. Die Seele hat ein eigenes Facebook-Profil und kriegt jede Menge Likes von der eigenen Arroganz.

Cool sein, sich selbst treu sein? Die Coolness hat einen im Griff, sie ist die Managerin, die man nie haben wollte. Wenn man selbst nun völlig uncool ist, soll man ständig Theater spielen? Man ist nicht Clint Eastwood – auch nicht James Dean, kein Iron Man –, dennoch wäre man gerne authentisch; aber die Coolness sagt Nein, legt ihr Veto ein. Man ist nicht derjenige, der die Gefühle vorführt wie Raubtiere bei einer Dressur-Nummer – man ist kein begnadeter Dompteur, die Gefühle machen meist, was sie wollen – und von Coolness haben sie nicht mal von Weitem was gehört. Dennoch arrangiert man sich irgendwie mit ihnen – man verhandelt auch gelegentlich nach, sie sind zu Konzessionen bereit.

Überlegenheit signalisieren; obwohl die Grundsituation daran gerade Zweifel aufkommen lässt; Coolness wird aus der Not heraus geboren, aus einem Unterlegenheitsgefühl, das man nicht wahrhaben will und vor allem: keinesfalls zugeben, eingestehen will – die Mitwelt soll davon nichts mitbekommen, wie es innerseelisch um einen bestellt ist. Die Seele trägt Coolness – nötigenfalls schichtweise auf. Maskerade, Mime, Mummenschanz – ein hoher Preis für die angebliche Coolness – geliehen, geborgt, zusammengeklebt – Patchwork-Coolness.

Verträgt sich Denken mit Coolness? Philosophen gelten nicht gerade als Ausbund an Coolness. Schopenhauer und Kant wären in einem Western eine Fehlbesetzung. Auch der Coole braucht das richtige Umfeld – wo seine Inkompetenz nicht ganz so krass auffällt. Vielleicht muss man sich auch nur das richtige Umfeld suchen, andere Kulissen, anderes Theater-Stück – und man ist nicht mehr die gänzliche Fehlbesetzung? Ein Pinguin macht im Wasser was her. In der Luft – das wirkt doch reichlich bemüht. Aber die meisten Menschen sind wohl wie Pinguine an Land – man wirkt bestenfalls goldig. Eleganz, Coolness – es ist einfach nicht das richtige Element. Statt das Selbst komplett auszutauschen, könnte man auch damit anfangen, sich nach der Umgebung umzusehen, die einem zumindest einen Hauch von Coolness ermöglicht. Man kann sogar nach den Sternen greifen, wenn sie als Mobile über einem hängen. Es kommt auf die richtige Kulisse an. Natürlich kann man sein Seelen-Zimmer tiefschwarz streichen, aber ein freundliches Blau oder Orange weckt eventuell den Optimisten in Dir auf, der ohnehin alles voll cool findet. Dem kannst Du was vormachen. Nur zu.

Der coole Rebell. Das Problem ist nur, dass da kaum noch Autoritäten sind, gegen die man rebellieren könnte. Alles schon zerstört und demontiert. Die Kunst selbst in Stücke gehauen. Eine Autoritäts-Bissigkeit. Soll man stattdessen die Interesselos-Nummer durchziehen? Untangiert von der Welt. Hey, was kümmert mich das? Vielleicht misslingt die Coolness auch deshalb, weil man die Welt nicht ernst nehmen kann? Sie ist zu grotesk, sie ist unmöglich; kann gar nicht sein. Von was soll man sich distanzieren, wenn man es als Illusions-Show ansieht? Man regt sich ja auch nicht über ein paar Seifenblasen auf. Warum sollte man cool damit jonglieren? Es ist keine Zirkus-Nummer, die ganze Welt ist kein Zirkus-Zelt. Man fürchtet wohl, dass einen die ganze Sache in der Tat nichts angehen würde; warum also in Coolness Energie stecken? Sie ist einem einfach egal – das zumindest ist die stille Befürchtung des Universums, dass wir es nicht ernst nehmen, dass uns seine Show missfällt. Eigens für uns erstellt, gemacht, das ganze Programm ersonnen mit all den Sonnen. Kein Applaus für diese Show der Superlative mit extra viel Schwarzen Löchern. Es ist durchgefallen, nicht cool genug für sein Publikum. Der coole Mensch ist auch der coole Zuschauer, den nichts wirklich berührt, dem nicht mal seine eigene Coolness wichtig ist. Ein interessenloses Universum mit interesselosen Zuschauern. Vollendete Coolness. Eiseskälte. Vielleicht tun uns ein paar Uncoole doch ganz gut? Das wärmt zumindest ein bisschen.

Vielleicht wäre Gott gerne ein bisschen, ein Stückchen uncooler? Vielleicht ist Coolness manchmal auch ein Fluch? Man ist doch sehr weit weg von allem, was einen wirklich berühren könnte. Ein Abstieg auf die Erde ginge immer einher mit einer Zunahme an Uncoolness. Vielleicht wirken Götter deshalb hier so seltsam orientierungslos? Auf dem Olymp sind sie alle cool, hier aber ist Betroffenheit plötzlich die Währung, man ist nah dran am Leid, am Puls der Zeit. Vermutlich lassen die Götter sich hier auch die passenden Sneaker aufschwatzen, man ist ja in Sorge, dass man zur einstigen Coolness nicht zurückfindet.

ENDE

Um meine Aufstiegschancen zu verbessern, habe ich jetzt Denglisch gebüffelt, ich zoom da jetzt direkt rein, wie ein Sprach-Zombie. Früher, da war mein Level Zero-Knowledge – aber jetzt kann man die Leute gepflegt zurechtweisen – meist verstehen sie nicht mal, dass man sie gerade zur Sau gemacht hat. Ist schon praktisch; mittlerweile liebe ich das Denglische. Ich kann die von der Yellow Press verstehen: Man legt sich nicht fest, es hat etwas wunderbar Schwebendes, Weltmännisches – wobei man immer nur zentimeterweit von der Affigkeit entfernt ist; darin besteht die Kunst: Abstand halten, Distance-Jongleur. Auf Deinem mentalen Display rocken die Wörter, Disco-Mania. Besser als Crack, Koks ... Du spürst Deine Connectivity mit der Welt. Du brauchst beim Reden überhaupt keinen Content, das erledigt der Denglisch-Modus für Dich.

Hierzu Goethe: "Denn eben wo Begriffe fehlen, da stellt ein Wort zur rechten Zeit sich ein." Das ist 'Copy-and-paste'-Denke – alles fügt sich, wie in einem Convenience Store: Du findest alles für Deinen Sprach-Bedarf in der Denglisch-Grabbelkiste. Du brauchst nicht mal auf die Continuity zu achten. Ablaufslogik, Stichhaltigkeit der Argumente? Alter, das ist Denke aus dem letzten Jahrtausend. Lass Dich von der Sprache tragen, sie sagt Dir wo es langgeht; sie ist auch mal dran, ihre Wünsche zu äußern.

Courtesy of der Fantasie: Sie entdeckt ganz neue Möglichkeiten – nicht das Schwerfällige, Festgelegte, genau Definierte der eigenen Sprache – sondern die herrliche Welt des Wischi-Waschi. Man legt sich ja nicht fest – das wäre auch uncool. Kommt den Politikern sehr entgegen, überhaupt jedem modern denkenden Menschen. Man könnte sagen, das alles sei Sprachpanscherei, man verhunze die

Sprache; aber echt jetzt, was gäbe es da noch zu verhunzen? Seit die Sprache ihr Techtelmechtel mit der Rhetorik begonnen hat, ist nichts mehr beim Alten. Sie wird gebogen, da wird gelogen; sie wird gedrängt, geformt, gepresst. Geht's auch nicht ins Korsett – egal, sie muss 'ne gute Figur machen. Dann kriegt sie jetzt halt etwas Denglisch-Kosmetik, tut ihr gut – das braucht sie für ihren Auftritt auf der Weltbühne. Eine Cover-Version von sich selbst, denn ihr Corporate Design ließ doch sehr zu wünschen übrig; remastered und retuschiert.

Der hippe Zeitgeist ist bereit für den Crash – eventuell noch schnell ein Crash-Kurs in Sachen Multifunktionalität – denn wir leben im Zeitalter des Kraken; jeder greift sich so viel wie er kriegen kann – auch an Wortfetzen, Wort-Material. Das wird eine erbarmungslose Schlacht – da nimmt man an Munition, was man kriegen kann. Nicht der Rhetoriker gewinnt den Diskurs, sondern derjenige, dessen Wortschatz was hermacht, ganz egal, ob es die Wörter nun tatsächlich gibt oder ob sie irgend so eine Pseudo-Existenz führen. Hauptsache, sie sind zur Stelle, wenn man sie braucht. Wort-Freunde, die mit einem ins Wort-Gefecht ziehen, sich sogar darauf freuen. Manche wurden eigens zu diesem Zweck gerade erfunden. Neologismen-Material. Soll einen mal jemand widerlegen, dass es das Wort nicht gäbe. Duden? Pah, was weiß der denn? Der hinkt ja Generationen hinterher, der kriegt schon gar nicht mehr mit, was da alles so angeschwemmt wurde mit einem der mächtigen Wort-Tsunamis. Das Denglisch-Meer tobt. Man könnte es auch als Vulkan ansehen, der bereit ist, immer neues Wort-Material von sich zu geben; eine Wort-Erfindungs-Maschine. Der Zeitgeist verlangt danach, er ist regelrecht süchtig geworden. "Ich brauch das fürs Coping. Muss wieder auf die Beine kommen, muss mithalten mit der Digitalisierung. Ihr seid alle so fix."

Der mentale Cursor fühlt sich überall fehl am Platz – das Bewusstsein ist es gewohnt, eine Sache nach der anderen zu machen, aber plötzlich soll es mit Tausenden von Cursors fertigwerden; da arbeitet es dann eben mit Fertig-Modulen, gibt vorgefertigte Antworten – und damit es nicht so auffällt, wie abgedroschen die sind, werden die ein bisschen aufgehübscht aus dem

Denglisch-Vorrat. Was man so hat – bzw. es ist ein Zauber-Zylinder
– wie Wort-Häschen tauchen die Wörter auf bzw. wurden gerade
erst geboren. Manche müssen als Clickbait agieren –
Wort-Animateure, die viel Inhalt versprechen und vertuschen
müssen, dass hier wieder nur mit heißer Luft gehandelt wird.
Manchmal auch nur lauwarm. Aber das Bewusstsein ist ja nicht
allein – es gibt mentales Cloud Computing – Gedanken-Klone; wir
denken ohnehin dank Social Media innerhalb einer gewissen
Bandbreite, man kann die Sätze des anderen vollenden, man ergänzt
sich, wobei das eher ein Überlagerungs-Zustand ist. Kongruenz der
Seelen. Seelenverwandtschaft dank modernster Technik.

Früher brauchte man eventuell 'ne Therapie, jetzt genügt
einfaches Coaching – Alexa sagt Dir, wo es langgeht – und auch
Facebook und Google stehen Dir hilfreich zur Seite, sie sind
Consulting-Profis. Das Leben ist eine Challenge; Hürdenlauf für
Anfänger – doch Denglisch ist so etwas wie ein unerlaubter
Stabhochsprungstab, Du schnellst Dich damit in die Höhe, meisterst
den Parcours.

Die Katzen nutzen das Internet als Catwalk; unsere Avatare
sollten es ihnen gleichtun – und Eleganz vorgaukeln, wo es im
realen Leben eher einem Fettnäpfchen-Parcours gleicht. Egal,
Stümperei auf ganz hohem Niveau; und mit Denglisch im Gepäck
ist man bei der Kunst der Eristik ganz weit vorn, der Favorit.
Unfairness verkleidet – Camouflage-Technik. Man robbt sich an den
Gegner und dann Catch-as-catch-can. Griffige Formulierungen im
Wechsel mit schlüpfrigen Bemerkungen – da gibt es kein Halten
mehr. Dabei geht es nicht um Charme – beim Wrestling geht es ja
auch nicht um Grazie, das wäre eine verfehlte Politik. Im Grunde
eine Schlammschlacht, aber man nennt es elegant
Mud-Management. Sich rauszureden, war noch nie so einfach, die
ganze Fülle des Denglischen ergießt sich über den Deppen, der im
Gentleman-Stil parliert und nicht gewahr wird, dass er mit einem
Messer zu einem Pistolenduell geht. Selbst ein Stilett macht die
Sache nicht besser. Das ist ja keine Stilfrage – man lässt die Rhetorik

hinter sich und agiert im luftleeren Raum. Willkommen im Denglisch-Kosmos!

Und hat man während der Rede ein Memory Leak – halb so wild, das ist schnell aufgefüllt mit Denglisch-Wörtern aus dem Automaten. Meeting im Konferenzraum des Verstandes – wer kann liefern, wer hat was Brauchbares? Wunderbarerweise hat der Denglisch-Kollege immer was beizusteuern, er ist der Faulste von allen, sein Steckenpferd ist das Mobbing – auf dem Gebiet ist er allerdings hochmotiviert. Ohne Masterplan in die Konferenz, Mindmap muss genügen ... Wie ein Bus, der sich ein paar Mal verfährt und sich dann entschließt, es dem Zug gleichzutun und sich auf das Schienennetz des Denglischen begibt. Hier ist man in sicherem Fahrwasser, man mixt die Metaphern wild durcheinander und auch die Sprachen, die Sprach-Levels – insgesamt eine etwas halluzinogene Erfahrung, die den Kollegen aber durchaus etwas gibt.

Mit Denglisch ist man immer auf der sicheren Seite, man bleibt mobil, man weicht den Vorstößen des Gegners aus, in gewisser Weise ist man unangreifbar – so in der Art einer Wolke; man ist sehr nebulös, will das auch so, das ist durchaus beabsichtigt. Wie Pudding an die Wand zu nageln – so solide sollten die Argumente sein. "Ist doch Scheibenkleister", könnte da jemand entgegnen – der aber hat die hohe Kunst der Scheibenkleisterei gar nicht verstanden. Denglisch-Wörter sind ein Must-have. Okay, sie überstehen nicht immer den Reality Check. Aber darauf kommt es ja auch gar nicht an. Die Fluffigkeit der Sprache schafft eine Wohlfühl-Atmosphäre. Man kann auch wunderbar Altbackenes recyclen – müssen nicht immer die frischesten Cookies sein – Denglisch ist wie fluffiges Gebäck, dessen moderiger Geschmack keinem auffällt. Ein Remake der Gedanken vom Vorjahr – keinem fällt es auf, man verkauft es auf die denglische Tour. Widerspruch fällt schwer, weil man gar nicht genau weiß, wovon derjenige eigentlich redet. Hört sich aber gut an, als ob er einen Avantgardisten gefrühstückt hätte. Muss ja nicht immer ein Clown sein. Man ist relaxed, man hat Remote Access auf das kollektive Gedächtnis, Alexa sowieso – und wenn Google Urlaub macht, bricht die Welt zusammen. Man findet einfach nichts mehr – früher haben zwei Worte genügt und man wusste Bescheid, jetzt ist man angewiesen auf die eigenen Bord-Ressourcen; da ist Denglisch so etwas wie ein Rettungsboot. Ohne Denglisch ähnelt das eigene Leben doch eher einem Heimatfilm, doch mit Denglisch wird das zum Road Movie – man ist unterwegs, man ist auf Achse, begegnet ständig neuen, aufregenden Wörtern, die man einsteigen lässt – oder auch nicht. Das Biedere war zwar nice, aber man ist der Coolness des Denglischen restlos verfallen. Sein Charme besteht darin, dass es Nerd und coole Sau zugleich ist. Ein Schaumschläger, dessen Schaum Stahl-Härte hat. Und mit jeder Sprache kompatibel – es ergänzt die Sprachen. Oder soll man sagen, es infiziert sie erfolgreich? Wie ein Keyboard, das plötzlich viel mehr Zwischentöne hat, man haut in die Tasten und ist selbst erstaunt, wie unmelodiös das alles klingt, aber mit etwas Renaming firmiert das unter Cyber-Tonkunst.

Die Sprache muss fit sein für den Cyberspace, da kann man sich nicht an liebgewordene Sprach-Gewohnheiten klammern; ein bisschen mehr Avantgardismus-Sinn; die Zukunft erledigt sich ja auch nicht von allein; die Sprache ist da ein bisschen so etwas wie eine Hebamme, Geburtshelferin. Das Dilemma der Netiquette. Brauchen wir wirklich eine Nanny, die uns bei der Hand nimmt und ständig von No-Go faselt? Wir sind Laptop-Wikinger, Notebook-Warlords – wir schmieden aus dem Denglischen unsere Waffe. Auch wenn das Glück wohl für immer lediglich ein Wallpaper bleiben wird auf dem Desktop der Seele. Wer interessiert sich für unsere Wishlist? Fortuna ja nun offensichtlich nicht. Wann kann man schon mal Woohoo! sagen? Das scheint limitiert zu sein. Schicksal knausert von Haus aus mit Win-win-Situationen. Muss man mit klarkommen – oder aber das Denglische klopft bei ihm mal auf den Busch, verklickert ihm, was wir wirklich wollen. Es scheint da bereits seit Jahren Verständigungs-Probleme zu geben; man selber redet Tacheles – und das Schicksal irgend so ein Kauderwelsch, bei dem man immer Worte wie 'Bahnhof' oder 'Veto' heraushören kann. Voice-Chat mit Fortuna? Bietet sie so etwas an? Oder hat sie einem längst auf die Voicebox gesprochen? Wie wird das Leben zum Pageturner? Im Partner-Look mit Fortuna? Kennt man ihr Seelen-Passwort? Wie kann sie ihre Performance verbessern? Braucht sie einen Coach? Man stünde bereit. Aber selbst Größenwahn beeindruckt sie kaum. Man bräuchte einen Performance-Boost, aber der innere Schweinehund hat das Wort nicht mal gehört. Mit Denglisch ist er kaum zu beeindrucken.

Die Erinnerung hat seltsame Favoriten auf ihrer Playlist – die präsentiert sie einem immer wieder. Was interessiert einen der Plot von damals? Man will jetzt seinem Leben was Erzählenswertes hinzufügen; aber im Grunde ist das alles nur Playback – der Ton kommt vom Erinnerungs-Band; einigermaßen lippensynchron ist das Ganze; man ist die Marionette des Gestern, hängt an seinen Fäden. Man macht sich etwas vor mit Denglisch, dass man dem allen entkommen könnte durch new words, fresh words, durch Innovation-Configuration. Man reist immer mit sich – auch mit der Sprache. Okay, ein Interface zur eigenen Coolheit wäre desiderabel. Aber das Desiderat ist meist nicht vorrätig, nicht lieferbar: Bei Fortuna gibt es Engpässe. Das Leben hat kein Plug-and-Play: Hier funktioniert nichts auf Anhieb, man muss sich erst fürchterlich aufregen, mit der Ich-Konfiguration stimmt irgendwas nicht; und das Brain nervt einen mit nervigen Pop-ups – irgendeine blödsinnige Werbung für einen besseren Lebensstil. Man klickt das schnell wieder weg. Fortuna hält sich schön an 'Principle of Least Surprise' – alles wie gehabt, dasselbe in Grün – nicht mal Kleeblattgrün.

Bei den Inhouse Meetings ist mein Ansehen mittlerweile enorm gestiegen, ich wirke kompetent, man hat mich sogar zum PR-Sprecher gemacht. Denglisch ist eine gut getarnte Flunker-Fabrik. Man wirkt wie ein Insider – durch das Denglisch-Dropping – steter Tropfen höhlt die Sprache. Gelegentlich sein Vokabular updaten – muss ja nicht das vom letzten Jahrzehnt sein. Die Erwartungen toppen. Geht auch 'quick and dirty' – das ist ohnehin die Lieblings-Gangart des Denglischen, reicht fürs Qualifying; Qualität kann sein, muss nicht sein. Auch wenn man längst offtopic ist – dank Denglisch bekommt das kaum jemand mit. Man ist offroad – Denglisch ist sehr geländegängig – ist auch die übliche Entschuldigung für das Holperige dieses

Sprachstils. Nur eines darf man nie: um ein Wort verlegen sein. Und sei es, dass man es aus dem Hut zaubert – wie ein Zauberer bunte Tücher –, eine unendliche Abfolge bunt-schillernder Neologismen, die so neu sind, dass sie sich selber fremd sind, nicht so genau mit sich was anzufangen wissen. Man bietet ihnen die Chance, sich zu bewähren, lässt sie auf die Zuhörer los; sie wollen ja nur spielen. Wie ein Hurrikan auch nur ein Wind ist, der es wissen will.

Gut getimtes Denglisch ist auch bei einem Date ganz aussichtsvoll – man stellt alles Mögliche in Aussicht; dank Denglisch hat man das nie gesagt – ist wie Geheimtinte; unglaublich praktisch. Ist das alles nicht nur Fake? Aber man hat die Lizenz zum Faken – steht in den AGB des Lebens, im Evolutions-Handbuch: Die Trickser werden belohnt, kommen in die nächste Runde. Im Grunde sind wir Fake-Meister, erste Wahl, was das Faken angeht – die Evolution ist stolz auf uns; wir haben sie alle überlistet. Wir haben an sich nichts zu bieten, dennoch sind die Tiere von uns beeindruckt. Sie landen bei uns in den Fast-Food-Restaurants. Dank Fast Reading eignen wir uns schnell Wissen an. Denglisch ist fast eine Sprache. Die Evolution liebt den Flirt mit Tricksern, ein Quickie ist immer drin. Etikettenschwindel im Kaufhaus des Lebens – mit Denglisch ist man ganz vorne mit dabei.

Gelegentlich kommt auch unter Friendly Fire – der Schuss geht nach hinten los. Aber im Allgemeinen ist Denglisch ganz friedfertig, gut zu handeln, eine solide Allzweckwaffe, die gern mal von alleine losgeht. Nicht jeder Neologismus avanciert zum Blockbuster, aber Denglisch-Wörter helfen einem sehr dabei, sich zu verkaufen. Man gibt seinem Sprach-Zentrum ein kurzes Briefing – es ist erst mal geschockt, dann aber bereit, Denglisch versuchsweise auf Missionen zu schicken – und ist immer wieder erstaunt über dessen außerordentliche Anpassungsfähigkeit und Flexibilität. Es macht sich gut im Außeneinsatz – und auch bei Selbstgesprächen hilft es über manche Krise hinweg.

Ein echter Allrounder, der auch bei Ihren Gesprächen nicht fehlen sollte: Das Denglisch-Einstiegspaket bekommen Sie jetzt günstig. Gönnen Sei sich den Karriere-Schub; ein echter Booster.

Booten Sie Ihren Rechner neu. Denglisch ist mehr als ein Buzzword. In Zeiten von E-Commerce ist das so etwas wie E-Fortune. Investieren Sie noch heute – editieren Sie Ihre Datenbank, lassen Sie Denglisch das tun, was es am besten kann: Corriger la fortune. Neudeutsch: Cheaten. Easy going. Ein Egotrip der Superlative. Besser als Disney. Sie werden begeistert von sich sein – und das völlig zu Unrecht. Jackpot – Pisspott – alles eine Sache der richtigen Rhetorik und Verkaufskunst – und Denglisch vermengt sehr gekonnt Realität mit dem Gewünschten. Holen Sie sich jede Menge Joker – nie mehr um ein Wort verlegen. Denglisch passt immer – mehr oder weniger. Ändern Sie Ihre Default-Einstellungen, setzen Sie von Anfang an auf Sieg. Denglisch ist der Difference Maker. Jetzt zum Discount-Preis. Glücks-Doping, Download der Glücks-Datei. Mit dem beigefügten Gutschein erhalten Sie 10 % Rabatt. Rabattcode: Woohoo!

ENDE

Immer der Mode hinterher! Sie erzählt die Mär vom immer gut gestylten Menschen. Da lauern aber Lifestyle-Fallen und Mode-Sünden. Mode-Papst, vergib uns! Da war doch was im 'Sale' – und man ist drauf reingefallen, jetzt hängt es da im Schrank, traut sich gar nicht mehr raus, kommt sich elend vor; es weiß, es ist ein Fehlkauf. Soll man ihm gut zureden, diesem Piece, von dem man selber nicht weiß, zu welchen Gelegenheiten man das jemals tragen sollte? Weit entfernt vom Mega-Trend. Wobei es gut aussieht, wenn Models das tragen. Gibt einem das zu denken? Ist man selber hier der Fehlkauf? Man wollte sich nach Stars richten, nachshoppen, was die so haben; es kleidet sie so gut und sie sehen so happy aus; überträgt sich das nicht automatisch auf deren gut gemachte Kopie? Man ist ein Beauty Addict; wer man selber ist, ist einem sehr egal. Look ist das, was zählt! Als Fashion-Profi läge einem die Welt zu Füßen; oder lieber als Architekt von Gedankengebäuden unterwegs? Die Seele müsste grundsaniert werden. Die Meinungen sind auch nicht mehr up to date. Benötigen ein Update. Was meint man heutzutage? Beim Anecken läuft es nicht rund mit der Karriere. Man sieht abgefahren aus, kommt dennoch nicht zum Zug? Bloß keine modischen Entgleisungen, kann man sich nicht leisten. Ist es von den Mode-Magazinen abgesegnet? Man möchte mitsurfen auf den Modewellen; aber das Leben plätschert so dahin. Man bekommt gar nix mit. Empfängt man die falschen Vibes? Was hat man da abonniert? Redet der Zeitgeist nicht mit einem? Was opfert man dem Lifestyle-God? Was trägt Gott so? Trägt Er das ständig? Gar nicht modebewusst? Dürfen Engel Piercings haben? Oder gibt es für jeden nur dasselbe Tattoo – und Kleidung von der Stange? Sind Adam und Eva wegen Mode-Sünden rausgeflogen? Trug sie ungleiche Schuhe? Sie waren in jeder Hinsicht Early Adopter – immer vorweg. Was wäre für Gott ein No-Go? Ab wann landet man in der No-go-Area bei Luzifer & Co.? Der Nude-Look ist ja wieder in – ein Vermögen dafür ausgeben, dass man so aussieht, als ob man kein Make-up drauf hätte. Natürlichkeit 2.0 – die Entdeckung der gemanagten und durchgestylten Lässigkeit. So tun, als ob einem die

Mode herzlich egal ist, aber man hat sie dennoch internalisiert, inhaliert – berauscht von ihr, süchtig nach ihr, ihr Sklave. Welche Beauty-Produkte verwenden die Stars? Als ob das der Schlüssel zum eigenen Hollywood-Style wäre. Gab es unentschuldbare Outfits im Paradies? Ab wann fing das Kleinkarierte an? Eine Welt, die aussieht, als ob sie einem Modemagazin entsprungen sei – alles eine Spur zu grell, zu aufgemacht ... Eine Welt der Posen in schicken Hosen. City-Chic auf Wolke sieben – was wird man im Himmel lieben? Schießt man dann jede Menge Nudies? Lautet das 1. Mode-Gebot: 'So hast Du zu sein, leide dafür; strafe die ab, die es nicht sind, die sich nicht unserem Willen unterwerfen'? Man will ja den Gute-Laune-Look, sich mit Pieces behängen wie ein glücklicher, total übermotivierter Christbaum. Nur mit den Fehlkäufen verfehlt man dieses Ziel ... Kann aber auch sein, dass das die einzigen Kleidungsstücke sind, die wirklich zu einem passen. Und sie fristen total ungerechterweise ihr Leben als Schrankleichen. Mit der Katalog-Realität kann man allerdings nicht mithalten; das eigene Logbuch ist aber auch nicht weniger verlogen.

ENDE

Ernährung, Superfood, Smoothie-Wahn

Ernährung, Superfood, Smoothie-Wahn – woran orientiert man sich? Einerseits die Zivilisationskrankheiten – entkommt man denen mit 'ner Steinzeitdiät oder doch lieber 'ne Steinofen-Pizza? Zwischen Heilfasten und Heißhungerattacken ... Und immer lockt der Brot-Laib. Aber es ist schon ein Privileg, dass man sich überhaupt Gedanken machen kann über die richtige Ernährungsweise. Statt einfach nur das reinzustopfen, was gerade erhältlich ist. Man hat die Auswahl. Die Vielfalt. Das ganze Sortiment. Und man hat plötzlich die Verantwortung: Was mutet man seinem Körper zu? Was will er? Und vor allem: Was will er nicht? Aber da sind ja auch noch andere Meinungen: Die Psyche mag das Süße; findet sie gut, steht sie drauf. Der Magen hingegen kann sich für den angebotenen Smoothie nicht so recht begeistern. Ihm wird im Voraus schlecht, er übergibt sich schon mal probehalber. "Ist aber gesund." Das geht bei ihm zum einen Ohr rein und zum anderen raus. Überhaupt kann ja jedes Organ seine Wünsche äußern. Wer kommt zu kurz? Wobei: Beim Binge Eating ist doch für jeden was dabei – volles Rohr. Wenn sich bloß die Moral da mal raushalten würde. Beim Entenbraten hat man das vorwurfsvolle Gesicht von Donald Duck vor sich. Dinner Cancelling – einfach das Abendessen mal weglassen? Sagt sich so leicht. Der Magen knurrt, ist nicht bester Stimmung und er bereitet sein Entlassungsgesuch vor; andere Organe wollen sich dem anschließen; eine Rebellion steht bevor. Die kann man aber gut beschwichtigen durch das Stichwort 'Kekse'. Das versöhnt sie alle. Nur das Gewissen macht wieder einen auf Schlaubi Schlumpf und nervt alle – es hat eine verhängnisvolle Neigung zur Orthorexia nervosa, beschäftigt sich liebend gern mit den allerneusten Nahrungs-Trends, die auch gern von vorgestern sein dürfen, Hauptsache, es kann mit seiner Panikmache alle anstecken, dann ist es rundum zufrieden. Zur Not erfindet es Krankheiten, wenn man sich nicht augenblicklich zur Kalorien-Zählerei bekennt. Es sieht überall Dickmacher, dabei ist ein Räucheraal doch wirklich schlank.

Die Lebensqualität meldet sich zu Wort, sie will nicht enden wie die Politiker, die sich laufend die Diäten erhöhen. "Schluss mit Diäten!" Essen war immer mehr als nur optimale Versorgung mit Mikro- und Makronährstoffen. Man kann den Genuss-Anteil runterschrauben – muss allerdings dann mit Protest-Aktionen der Psyche rechnen, die sich ihrer Zufriedenheit beraubt sieht. "Es macht mich einfach glücklich, wenn es was Leckeres gibt." Ihre Begeisterungsfähigkeit für Ballaststoffe hält sich in Grenzen. Sie behauptet, dass sie von Weißkohl und Wirsing Depressionen bekommt – und drückt sich die Nase platt am Konditorei-Schaufenster. Irgendwo da muss das Paradies sein. Der Kalorienzähler rotiert; man kippt ersatzweise Smoothies runter, spült mit einem Whiskey nach. Heftige Muskelkontraktionen – irgendwas oder irgendwer im Körper revoltiert mal wieder.

Gesundes mit Verderben bringenden Köstlichkeiten kombinieren? Sauerkraut in Kombination mit Pralinen? Aber auch die Kombination von Ungesundem klappt nicht immer. Mayonnaise und Marshmallows? Könnte als Smoothie funktionieren. Gurkensalat, Grünkohl und Gummibären – als Team unschlagbar, eine echte Bereicherung in der Nouvelle Cuisine. Davon konnten die in der Steinzeit nur träumen. Dominosteine hatten sie vermutlich schon. Auch Steinadler, Steinbock und Steinpilze.

Es werden sehr viele Lebensmittel weggeworfen. Wir produzieren für 12 Milliarden Menschen – Verschwendung in ganz großem Stil. Auch in den Thinktanks scheint denen nichts einzufallen, obwohl das Problem sattsam bekannt ist.

Ernährung als Ersatzreligion. Man ist, was man isst. Man kann folglich jeden Bestandteil von sich maßschneidern; pure Gesundheit. Gewicht auf das, was optimal ist. Optimums-Jäger. Da halten sich Wahnsinn und Erfolgs-Besessenheit die Waage. Macht es den Kohlenhydraten was aus, dass man sie verteufelt? Low-Carb. Aber auch das Fett kriegt sein Fett weg – und fürs Eiweiß seh ich auch schwarz: Wer gerade Favorit ist – das ist doch sehr stark der Mode unterworfen. Mit denen fährt man Karussell. Und was Genuss war, ist nur noch ein Anlass, um sich zu übergeben. "Es war zum Kotzen schön", sagt der Gourmet. Auf jemandes Gesundheit zu trinken, ist ungesund. Die Gesundheit hat es nicht leicht in diesen Tagen – man verfolgt sie mit Designer Food, Vollwertkost ...

Essen wird zum Stilmittel, man zelebriert es als Teil des Persönlichkeits-Kults. Es fühlt sich doch sehr in den Mittelpunkt gerückt, weiß sich vor lauter Scheinwerferlicht gar nicht so recht zu helfen; es ist der Star dieser Tage. Sehr hohe Erwartungen an es; es soll auf dem Teller performen, es soll was hermachen, Salat-Akrobatik, Dressing-Kunststücke, appetitlich sein, dabei aber hochwertig ... Kurzum: gänzlich überfordert. Was erwartet man von 2000 Kilokalorien am Tag? Eine Meisterleistung? Wie soll man da das Äußerste rausholen? Diese Einstellung schmeckt dem Essen nicht; umgeben von lauter Essenskünstlern, die jeden seiner Auftritte begutachten, benoten, gutheißen, verwerfen. Das Essen kocht, ist sehr bewegt. Es weiß unsere Bemühungen gar nicht zu goutieren.

Um die Seele wieder aufzupäppeln, ist was Deliziöses hervorragend geeignet, auch wenn das mittlerweile eine delikate Angelegenheit ist. Es ist in Verruf geraten; und das Bekömmliche bekommt man leider allzu oft aufgetischt. Vom Köstlichen sollte es mehr Kostproben geben. Aber damit ist das Leben erstaunlich zurückhaltend. Es knausert damit. Eine Praline wirkt immer noch so, als ob das Paradies eine Kostprobe seines Könnens abliefern wollte. Als ob es Adam und Eva nachtrauert – und einen Apple Pie hätte es auch noch im Angebot. "Nur wenn man in die verbotene Frucht hineinbeißt, hat das Leben Biss." Allerdings könnte dieser Spruch von der Schlange stammen. Das gibt zu denken. Vielleicht ist der Appetit doch nicht der allerbeste Ratgeber?

ENDE

Fremdwörter

Ab wann sind Fremdwörter nicht mehr fremd? Ab wann sind sie einem vertraut, vollwertige Mitglieder des Wortschatzes? Ein Hauch von Exklusivität. Noch nicht ganz so abgegriffen wie die üblichen 2000 Wörter, auf die man ständig zurückgreift, auf die man sich aber verlassen kann, sie sind sofort zur Stelle, einsatzbereit; unterstützen einen bei jeder Rede; aber sie genügen eben nicht. Manchmal muss es mondäner ein, gewaltiger. Warum der Minimalismus? Aus dem Vollen schöpfen. Aber die Fremdwörter verramschen? Auch sie neigen irgendwann zum Phrasentum, als ob sie sich bei den Allerwelts-Wörtern angesteckt hätten; ihr Nimbus geht flöten. Prekäre Lage – eben noch ein Novum, jetzt schon Ware von vorgestern. Modewörtern graut es davor, in Omas Klamottenkiste zu landen. Sie geben sich cool, sie sind hip ... Aber sie können ihren Status quo nicht beibehalten.

Die 2000-Wörter-Bande kann sich sicher sein, dass sie im Einsatz bleibt. Fremdwörter benehmen sich zuweilen voll daneben, richtige

Enfants terribles, schreien "I bims" und tragen sich dreimal täglich neues Charisma auf. Sie tun so, als mache es ihnen nichts aus, wenn man sie mit dem Vorwurf konfrontiert, dass sie gänzlich unanschaulich seien, nichts Bodenständiges. Dann heißt es, man sei xenophob, greife auf das Urtümliche zurück – diese ausgelutschten Wörter. Dann trifft einen als Sprecher auch noch der Vorwurf des Dilettantismus, dabei sind sie es doch, die zuweilen völlig dysfunktional in den Zeilen verweilen. Fremdwörter tun so, als seien sie ein Stoßtrupp, eine Schickimicki-Avantgarde; aber haben sie die Courage, sich den Allerwelts-Wörtern zu stellen? Sie weichen aus, verweisen auf das große Ganze, sie antizipieren die Zukunft, tragen sie in sich ... und man glaubt ihnen; man hat den Eindruck, sie tragen einen mit sich, der Denk-Horizont ist plötzlich unermesslich weit ... Man braucht Worte, die einen tragen, wie ein Transportmittel; ein Fahrrad ersetzt keinen Hundeschlitten; man braucht das passende Werkzeug. Prekär wird es nur, wenn die Fremdwörter Party feiern, sich mit Pseudo-Freunden abgeben, ins Angeber-Milieu abrutschen. Wie soll man da reüssieren? Und auf die Frage "Quo vadis?" geben sie dummdreiste Antworten. Man sollte sie besser erziehen.

Aber es ist wahr, sie transzendieren das Hergebrachte, sind voller Versprechungen, suggerieren einem, dass das Kontemplativ-Vermögen einen ins Reich der Magie bringt. Fremdwörter als Ticket in die Unermesslichkeit. Dabei sind sie sehr oft kontraproduktiv, man erntet nur fragende Blicke, sie haben es nicht so mit dem Gemeinverständlichen. Zuweilen sind sie auch maliziös – sie lassen einen Gedankenreiche bauen, sie locken einen immer weiter in das Reich des Abstrakten, immer tiefer in den Wald des Unkonkreten. Sie benötigen nicht den Kontext des Realen, da stehen sie drüber. Bei ihnen ist alles Meta-: Metadaten, Metaebenen ... Sie wollen die Metamorphose. Aber will man metamorph sein?

Zuflucht zu den Allerwelts-Wörtern, sich erden, das Reich des Unterbewusstseins: Es liebt das Anschauliche, die Simplizität des Hochkomplexen. Es hat es gerne bildhaft, lebensnah. Das Bewusstsein spaziert gerne in den Fremdwörter-Park, es findet es dort arkadisch, es kommt dort auf andere Gedanken, als ob eine

Basketball-Mannschaft plötzlich neue Team-Mitglieder hätte, Verstärkung. Vielleicht gelingt ihnen der große Wurf. Faible für komplizierte Spielzüge. Okay, manchmal wird es kafkaesk, man verrennt sich ... Aber neue Worte sind so etwas wie neue Inseln, wie bewohnbare Planeten im Universum – man kann sich auf die Reise machen und immer findet man Unterstützung, geistige Nahrung. Die Wissenschaft kann mit einer 2000-Wörter-Mannschaft nicht weit segeln – 500.000 hört sich schon besser an. Kolonisation von Terra incognita. Den Dialog mit dem Universum suchen, Fremdwörter als Dolmetscher.

Manche Fremdwörter desertieren, sie sind für die Show gemacht, aber im Zweifelsfall ist man doch besser bedient mit einfachen Worten: "Haltet den Dieb!" – klingt griffiger als "Der Kleptomane ist eine Persona ingrata – bringt seine Machenschaften zum Scheitern!" Aber wollen die Fremdwörter überhaupt oft verwendet werden – vielleicht sind sie ja so etwas wie eine Spezial-Truppe, die für ihren großen Auftritt Erholungs-Phasen nötig hat? Oder – provokanter formuliert – wie eine Diva, die sich gerne rarmacht, da sie sonst um den Effekt fürchtet. Fremdwörter als Effekthascher? Ein schwerer Vorwurf. Sie geben sich gerne disruptiv – Erneuerungs- und Heilsbringer – sie erfinden das Morgen neu, erklären dem Schicksal, dass es unterbelichtet sei ... Mit seiner Simplizität erschrecke es nur die Wahrheit. Sie seien auf dem Weg, auf der Pilgerfahrt zur Erleuchtung – und nicht so eine Spar-Beleuchtung wie das Bisherige. Dünkel in Perfektion.

Was kann man mit Fremdwörtern alles anvisieren: Kein Ziel scheint zu weit entfernt, alles scheint nur eine Sache der Feinjustierung zu sein – hier und da die Wörter in die richtige Stellung bringen, zurechtrücken – voilà, der Brückenkopf in neue Dimensionen ist fertiggestellt. Fremdwörter als Ingenieure, die den Turmbau zu Babel endlich ermöglichen. Sie lassen sich nicht verwirren, sie wissen, was sie an sich haben. Sie lassen sich nicht ins Bockshorn jagen – für sie ist die Welt ein Gerichtsprozess, bei dem es nur darum geht, durch die Wahl der richtigen Worte den Fall zu gewinnen. Es geht hier nicht um Recht oder Unrecht, Wahrheit oder Unwahrheit – es geht um Rhetorik, der Welt erklären, wie sie funktioniert, dem Universum als Berater zur Verfügung stehen und das Chaos deuten. Deutungshoheit erlangen – darauf kommt es an.

Neologismen sind kein Prêt-à-porter – maßgefertigt für den Moment, sie tragen ihre Wahrheit in sich – Wahrheit-to-go. Sich selber die Worte münzen – man ist immer zahlungskräftig, solvent. Schweigen ist Insolvenz. Die Rhetorik rät zur Akquise von Fremdwörtern – sie dürfen sich ab sofort bewerben. Guter Leumund ist nicht Voraussetzung. Es gibt auch Aufbau-Programme, Trainingslager für angehende Fremdwörter. Willkommen in der Neologismen-Truppe!

Der Rhetorik wird oft vorgeworfen, dass sie eine Waffe sei, die man auf alles abfeuern könne; andererseits ist sie auch ein Schild. Retourkutschen sind ihr Ding. Wörter sind zwar keine Elementarteilchen – aber wir könnten keine sehr hohen Gedankengebäude bauen ohne ihre Mithilfe. Der Turm zu Babel – den muss wohl jeder selbst errichten – oder man türmt eine Pyramide aus Erfahrungen, bekommt so einigermaßen den Überblick. Vor dieser Verantwortung nicht türmen.

Aber es wäre schon großartig, wenn man eine Koryphäe auf dem Gebiet der Selbsterkenntnis werden könnte. Im zweiten Lehrjahr lernt man dann die Selbstbeherrschung und Selbstbeeinflussung. Hätte was. Aber vermutlich ist man sich selbst wohl so etwas wie ein Fremdwort. Im Anfang war das Wort – hoffentlich kein Fremdwort.

ENDE

Häuser

Wenn ein Haus sich selber bauen könnte – würde es ein Palast sein wollen? Oder lieber ein Baumhaus, Luftschloss, eher im Imaginären angesiedelt oder was Solides, ein Reihenhaus? Mal was Außergewöhnliches – Villa Kunterbunt – hat es den Mut dazu? Welcher Aspekt wäre ihm wichtig? Auffälligkeit, den Regen gut abhalten können? Möchte es mal auf Reisen gehen? Wohnmobil-Gene? Durch die Lande ziehen, andere Häuser besuchen, der Vorgarten kommt selbstverständlich mit; wenn's geht, die beiden Garagen auch; ganz schön sperrig. Yoga-Kurs buchen? Gibt es Yoga-Kurse für Häuser? Oder meditieren Häuser ohnehin zu viel, denken über ihre Nützlichkeit nach – und wie weit sie es gebracht haben seit den Höhlen-Zeiten? Häuser wollen agil aussehen – nicht nur eine Hausnummer sein, sie wollen was bewegen – und sind enttäuscht, wenn sie nur ein Handelsobjekt sind. Von Hause aus sind Häuser Immobilien, sie wollen aber nicht, dass man ihnen geistige Unbeweglichkeit attestiert ... So machen sie sich in Gedanken größer oder kleiner – mal 'ne Hundehütte, dann wieder Bungalow mit Meeresblick. Und auch wenn der Putz bröckelt und sie merken, dass sie mit ihren Kräften Haus halten müssen, hassen sie den Ausdruck 'Immobilie': Es kommt ihnen wie ein Schimpfwort vor, ein Fluch. Die Unbeweglichkeit der Bäume, ewige Standortgebundenheit. Dann die Sorge, dass sie doch ein wenig hausbacken rüberkommen könnten; man hat ja nie viel Wert auf Prunk gelegt – jetzt wären aber so ein paar Gartenzwerge doch ganz hilfreich; oder ginge der Schuss nach hinten los? All die Überlegungen – und der Makler sagt so nette Sachen über einen, man möchte ihm direkt glauben, wenn man es nicht besser wüsste. Der würde auch ein Pfefferkuchenhaus als Spekulatius-Objekt anbieten; oder heißt das Spekulations-Objekt? Hauptsache, die Hausbar macht was her – dann ist man ein sehr fideles Haus. Sich dem Fluss anvertrauen – einmal Hausboot sein, umherschippern, vom Wasser auf Händen getragen. Man ist so unflexibel, öffnet die Fenster gelegentlich zum Gruß. Aber man steht inmitten eines Häusermeers, man kann nicht hochspringen, auf sich aufmerksam machen. Man verständigt sich mit Rauchzeichen aus dem Kamin, gelegentlich steigt der Weihnachtsmann da mal rein oder eines der Rentiere. Aber das ist im Grund eher lästig.

Ein wenig unwohl wird dem Haus, wenn es den Spruch hört "Die Axt im Haus erspart den Zimmermann" – das hört sich doch sehr nach Kleinholz an; es würde gerne den verständigen Fachmann verständigen. "Geht aufs Haus!" Aber man hört ja nicht hin, nimmt Umbaumaßnahmen vor, dem Haus wird angst und bang, es kann nicht flüchten – es hat einfach Angst vor Heimwerkern. "Ohne Betäubung?" Es ruft nach Alexa, man ist ja gut organisiert. Andererseits würde es gerne selber mal im Baumarkt stöbern, was könnte man verbessern, anbauen? 'ne schicke Veranda wäre nicht schlecht. Es kann ja verstehen, dass Heimwerker im Baumarkt aus dem Häuschen sind. Aber viele Häuser deklamieren: "Das Vertrauen ist hin, ich finde meine Ruhe nimmermehr!" Wände verschwinden, tragende Pfeiler brechen zusammen – das Haus altert im Zeitraffer. Ihm ist gar nicht wohl bei der Sache. "Ich seh aus wie eine antike Ruine!" Das Haus ist entsetzt. Alexa spielt beruhigende Musik. Die ist nicht wirklich eine Hilfe. Der Hausrat weiß auch keinen Rat, die Möbel sind in die hinterste Ecke geflüchtet, sie haben Angst vor Tapetenkleister. Der Wasserhahn schlägt Hausmusik vor – Tropfkonzert in e-Moll. Der Ofen will vergoldet werden. "Eigener Herd ist Goldes wert", lautet sein Argument. Man guckt erst mal Dr. House. Was sind die Lieblingsserien der Häuser? Selbst für Haustiere wird selten mal was produziert – dabei wären Serien für Hunde, Katzen, Pferde sicherlich von Nutzen.

Ein Haus ist mehr als ein Dach überm Kopf – gelegentlich sollte man mal nachschauen, wie es so drauf ist; an welchen Träumen zimmert es? Dann ist eventuell jedes Haus ein Traumhaus.

ENDE

Mit Wörtern jonglieren – vielleicht wollen die lieber in Ruhe gelassen werden? Oder warten sie ungeduldig auf ihren Einsatz? Gespannt darauf, in welchem Zusammenhang sie auftauchen, welche Funktion man ihnen zu übertragen, beabsichtigt? Ein Schriftsteller muss weitaus mehr sein als ein Wort-Jongleur. Er kann den Worten auch gestatten, die Seele zu porträtieren. Machen sie eigentlich ganz gut. Sie haben die Fähigkeit, wie Legosteine, Fantasie-Produkte zu bauen; ein Stück greifbarer als die reine Imagination; man kann anderen veranschaulichen, was man denkt, fühlt, sich vorstellt. Unglaubliches Talent – man muss sie nur auf das richtige Genre ansetzen. Zur Not neue Genres sich erfinden. Ein Sänger wäre eine Fehlbesetzung als Eishockey-Spieler. Man kann Prinz sein, Gedichteengel – den Worten was zutrauen, sie gelegentlich in den Adelsstand erheben – aber sie machen sich auch gut als Ritter oder Boten. Sie können Botschaften aus dem Unterbewusstsein überbringen; mitunter schwingt da mehr Weisheit mit, als von einem selbst beabsichtigt – der Subtext hat es auf Subtilität angelegt; fällt nicht gleich ins Auge. Man kann sich selbst bei den Formulierungen überraschen – im Grunde ist man ja immer auf der Suche nach der perfekten Formel; keine Weltformel, sondern eine, die einem zumindest das eigene Ich erläutert; ein Handbuch wurde ja nicht mitgeliefert. Muss man sich also schon selbst schreiben.

Gedichte gibt es ja nicht auf Rezept: Bei Sorgen bitte dreimal wöchentlich den inneren Lyriker aktivieren. Aber Sprache kann so etwas wie ein Freund sein; sie kann all das bewältigen, auf sich nehmen, wozu es in der Realität keine Möglichkeit gibt – sie unternimmt Missionen in Gebieten, die dem Geistigen vorbehalten sind. Mag vielleicht nicht Avalon sein, aber ist vielleicht mit Avalon verwandt. Bewusster leben, noch ein Tick lebendiger – in Texten steckt genug Magie, um das zu bewerkstelligen – Werke, die man in die Welt setzt ... Sie sind einem nicht immer ähnlich, aber sie tragen Genmaterial vom Autor in sich, Spuren davon. Insofern durchaus ein Schöpfungsakt – Gott schuf uns nach Seinem Ebenbild; vielleicht sind wir auch nur Texte, Skripte, die sich ein wenig vom Autor entfernt haben, ihre ungewohnte Freiheit genießen – und uns gelegentlich freuen, wenn wir Ähnlichkeiten mit dem ursprünglichen Autor in und an uns feststellen können? Ein Blatt weiß nicht, an welcher Stelle des Baumes es ist – beim Weltenbaum sind wir wohl auch so etwas wie Blätter, die aber über die erstaunliche Möglichkeit des Bewusstseins verfügen – und wenn wir Blätter mit Zeilen füllen, können wir Stück für Stück ein bisschen bewusster werden. In den Runen steckt angeblich Magie. Die Buchstaben haben es echt drauf. In diesem Sinne ist alles Schreiben eine Gutschrift – gebucht auf der Habenseite der Seele.

ENDE

Frauenemanzipation ist für Männer ein Reizthema – man findet sich plötzlich wieder in der Rolle des Antagonisten; was hat man falsch gemacht? Ist überhaupt kein Widerspruch erlaubt, geht es gar nicht um Diskussion? Schon seltsam, in der Literatur steht der Bad Boy ganz hoch im Kurs, auch attraktive Vampire und ihre Werwolf-Kollegen kommen dabei nicht schlecht weg – sie geistern durch die Fantasie-Welt der Autorinnen. Aber im Alltag soll der Vampir den Kinderwagen schieben, als Hausmann eine gute Figur machen. Der Held sollte möglichst Arzt sein und über unendlich viel Freizeit verfügen, die er in wildromantischer Gegend mit seiner Liebsten verbringt.

Gustave Flaubert hat mit seiner Madame Bovary eine Frau beschrieben, die auch ein wenig zu sehr von Leidenschaft und Luxus fasziniert war; sie wusste das Reale nicht zu schätzen. Ihr schwebten andere Ideale vor. Ein Ungenügen, eine Suche, eine Sucht nach Erstklassigem. Man findet plötzlich seine Kinder zu gewöhnlich, der Ehemann entwickelt viel zu wenig Eifer ... Vielleicht haben die Filme Schuld? Ist ja schön, wenn man motiviert ist, aber man bezahlt das mit Unzufriedenheit im Dauerzustand.

Da wird diskutiert, ob das Binnen-I der Frau zu mehr Präsenz auf der Sprach-Bühne verhilft. Aber welche Selfpublisherin möchte tatsächlich einen Haufen Binnen-Is in ihren Texten haben? Das liest sich einfach nicht schön. Und wenn aus jedem Studenten ein Studierender wird, aus dem Schriftsteller der Schriftstellernde, dann hat das etwas Bemühtes.

Warum bemüht man sich so sehr, die Geschlechter über das Kulturelle zu definieren? Abkehr vom Biologischen? Was hat die Natur getan, dass man so mit ihr verfährt? Man hat kaum Spielraum; die Natur zieht da sehr enge Grenzen. Soll plötzlich jeder Mann den metrosexuellen Kurs einschlagen? Ich glaube, man traut der Kultur da zu viel zu. Flirten wird schwieriger, wenn jedes Wort auf die Goldwaage gelegt wird. Ist man Gentleman – dann könnte das als herablassende Art gedeutet werden. Ist man ein Rüpel, verhält sich beim Daten wie ein ruppiger Eishockey-Spieler, dann kann man den Puck und den Sommernachtstraum vergessen.

Allgegenwärtige Political Correctness – der nächste Shitstorm löst keinen Sturm der Begeisterung aus. Man ist auf Likes aus – wie ein Pawlowscher Hund befolgt man brav die Anweisungen, die Instruktionen. Man liegt an der Leine der Political Correctness. Nur dann gibt es Leckerlis.

Männer haben eine Kreativkammer – so etwas wie einen geistigen Arbeitsraum, in dem Abstraktes, Neues fabriziert wird. Dabei entsteht auch viel Bullshit, aber es ist ein Bereich außerhalb des herkömmlichen Universums. Es scheint mir, als ob Frauen diesen Schritt in die rein kreative Welt nur höchst ungern gehen. Das Praktische, Praktikable interessiert sie eher. Vielleicht interessieren sich Männer deswegen für Science-Fiction, Philosophie …? Man könnte sagen Nerd-Welten – fern jeglichen praktischen Nutzens; ein Spekulieren und Rumwerkeln im Bereich der Quantenphysik … Sich anlegen mit dem Universum, es irgendwie doch noch in den Griff zu bekommen, auch wenn die Aussichten absolut miserabel sind, kein Buchmacher würde darauf Wetten annehmen. Aber es ist eine geistige Herausforderung, die Rätsel, das Ungelöste; in jedem Mann steckt wohl irgendwie ein Sherlock Holmes. Man will kombinieren, das große Ganze erkennen, das Bild zusammensetzen. Männer wollen sich vermutlich von der Natur emanzipieren, vielleicht sogar vom gesamten Universum – der Größenwahnsinn scheint ihnen inhärent zu sein. Sie gehen selbst das Sachliche als Künstler an; wie kann man das in einen größeren Rahmen setzen, wo sind die entsprechenden Metaphern? Nichts ist ihnen zu banal – ein Stein kann sie belehren, sie bringen das Weltall zum Sprechen. Das mag nicht viel praktischen Nutzen haben, aber es ist ihr Emanzipations-Kampf – der Natur die Fesseln nehmen, sich zumindest Gedanken-Freiheit ausbedingen in langen Verhandlungen. War der Mensch je mündig? Gleichberechtigung – dem stimmt man gerne zu. Man bewundert Frauen, die es verstehen, sich durchzusetzen. Aber Frauen müssen ja nicht zu Männern werden wollen. Vielleicht ist das die eigentliche Angst der

Männer – dass sie ihre Musen verlieren, ihre Traumfrauen, die sich selbst in der Fantasie weigern, feminin zu sein?

Goethe schreibt: "Alles Vergängliche // Ist nur ein Gleichnis // Das Unzulängliche, // Hier wirds Ereignis; // Das Unbeschreibliche, // Hier ist es getan; // Das Ewig-Weibliche // Zieht uns hinan." Das Angewiesen-Sein auf das gänzlich Andere. Kein Ausgleich der Gegensätze, sondern im Gegenteil deren Betonung. Als ob es dann mehr Spannung gäbe – wie bei Kondensatorplatten. Ohne Energie erschlafft die Welt.

Aber vermutlich ist das alles reaktionär; man hechelt dem Zeitgeist hinterher. "Schönes Fräulein, darf ich wagen ..." – man wagt es eben nicht mehr; Gretchen wird nicht angesprochen und der Teufel ärgert sich maßlos darüber. Alle Seelen sind also gerettet, den Gutmenschen-Gang eingeschaltet und ab geht die Post ins Himmelreich. Es bleibt Vieles ungesagt, man schweigt, man schweigt sich an. Wehe dem, der anders empfindet, als es Usus ist. Und die herrschende Meinung sorgt dafür, was angesagt ist, nach welcher Musik getanzt wird. Die Welt wird immer unfreier, wobei die Männer sich gedanklich frei machen wollen von den Jahrhundertausende alten Fesseln, die die Natur um uns gewunden hat, am Marterpfahl des Seins. Erreicht man das eher mit Hypermaskulinität oder mit Hypomaskulinität – wie viel Männlichkeit ist zeitgemäß, was ist so angesagt, was ist erlaubt? In der Literatur, in den Filmen, da steppt der Bär. Ist aber im Real Life nicht so erwünscht. Erweist uns die Political Correctness einen Bärendienst?

Auch wenn man fleißiger Anwender des Binnen-Is wird – so ganz bekehren kann man sich nicht; starke Aversion gegen das, was man da der Sprache antun will, man leidet mit ihr. Und außerdem hängt man am Dualismus – das Entgegengesetzte hat seinen Reiz. Die Natur hat sich so viel Mühe gemacht, Gräben gezogen, geistig uns auf verschiedene Planeten teleportiert: Männer sind vom Mars, und Frauen von der Venus. Hat so was Griffiges. Wobei der Krieger-Modus nicht so oft abgerufen wird, man ist als Papiertiger unterwegs – auch wenn man sich insgeheim sagt, dass der nicht aus

Pappe ist. Ja, auch ein Dackel kann tigern – aber man hätte das Ganze gerne etwas Großformatiger. Männer würden gerne Männer bleiben können. Muss ja kein Handtaschen-Format sein. Warum muss man den Mann dekonstruieren – nur damit die Frauen besser dastehen? Wenn man beim Pferderennen den schnelleren Pferden Gewicht auflegt, wird es ein ausgeglicheneres Rennen. Aber ist trotzdem irgendwie nicht so ganz fair. Effemination als Lösung? Das sieht in der Literatur aber ganz anders aus. Nicht, dass sich die Frauen das wegzaubern, was sie sich eigentlich als Partner wünschen – das wäre doch ein sehr hoher Preis für die Gleichberechtigung und Gleichstellung. Das jeweils Andere wertschätzen, es nicht zerstören. Damit wäre auch die Natur einverstanden. Sie gäbe sogar ein Like.

Hyperkorrekt zu sein, ist auf Dauer furchtbar ermüdend. Frei Schnauze reden – wäre schön, wenn das bald wieder möglich wäre. Fühlt sich an wie ein Maulkorb. Die Political Correctness greift auf immer mehr Bereiche über, sie gibt sich nicht mit Wenigem zufrieden. Sie will mehr, George Orwells Neusprech ist ihr da ein gutes Vorbild. Dann müssen wir uns davon wieder emanzipieren; es wird nie langweilig.

Vielleicht könnte man sagen: Lasst es so sein wie auf einem Kostüm-Ball? Wenn sich einer als Marlboro Man verkleiden will, soll er's tun … Muss man ja nicht gleich als Backlash bezeichnen, als Rückschritt in die Stein- und Vorzeit.

Welt als Typenkomödie – die Stereotypen als grobe Regieanweisung – wobei sich das Repertoire ausgeweitet hat, man hat was zu bieten, der Spielplan verspricht, interessant zu werden.

ENDE

Wollte Schiller je vor Freude an die Decke springen? Was hat ihn befähigt zur 'Ode an die Freude'? Wann ist man feuertrunken? Es ist immerhin ein Trinklied. Wie weinselig muss man sein, um bereit zu sein, die ganze Welt zu umarmen, inklusive derjenigen, deren Gehabe einem übel aufstößt? Will man unbedingt mit all denen anstoßen und "Freude!" brüllen? Ist es nicht eigentlich erbärmlich, dass man den Umweg über die Trunkenheit nehmen muss, um die Welt einigermaßen sympathisch und erträglich zu finden? Ein pathetisches Trinklied ist nötig, um sich bis zu diesem Punkt zu steigern; dann noch schön vertont von Beethoven – das geht ins Blut ... Aber es ist ein Rausch, es ist Ekstase. Die Götter haben gewiss noch andere Götterfunken zu bieten. Was ist sonst noch so im Angebot? Sehr lebensfroh wirkte Schiller nie; bierernst, ganz bei der Sache. Voll konzentriert. Diszipliniert. Wie passt Freude da hinein? Bleibt für sie noch Platz? Oder hat er seine Ode in Wahrheit der Freiheit gewidmet, hat es aber nicht ausgesprochen? Denn um Freiheit ging es ihm vor allem. Was hatte er für ein Interesse an der Freude? Soll Freude das Vehikel sein, das bewirkt: Bettler werden Fürstenbrüder? Weil sich alle so freuen? Eine Menschheit auf Basis der Freundschaft – entwertet das nicht den Begriff 'Freund'? Es war bisher etwas Besonderes. Andererseits verlangt er "Einen Freund, geprüft im Tod". Hat auch nicht jeder zu bieten. Online-Spiele zählen nicht. Ich bin skeptisch wegen des Pathos, es wohnt mir zu nah an der Ideologie. Es verträgt sich sehr schlecht mit Humor und der Bereitschaft, nötigenfalls einen Schritt zurückzuweichen, Eingeständnisse, Zugeständnisse zu machen, das alles der Realität etwas besser anzupassen. Pathos ist doch ein sehr starres Konzept, eine Rüstung, die sich nicht jeder gerne anlegt. Und die Freude geht quasi Hand in Hand mit diesem Pathos – wird von ihm aber eher mitgerissen, mitgezerrt. Sie scheint gar nicht so willig zu sein. Was man ihr da alles aufbürdet; die ganze Welt soll sie reparieren. Welche Ingenieurs-Kunst wird ihr da abverlangt?

Und wieso verortet er den Schöpfer überm Sternenzelt? Ich vermute ihn näher. Aber Er würde Schillers Werk sicherlich gutheißen. Bruder im Geiste. Der Schöpfer braucht sein Werk – es vervollständigt ihn irgendwie. Er wird sich selbst bewusster. Er realisiert sich quasi selbst durch sein Werk. Freude am Schaffen, am Gestalten. Das ist es, was Menschen ausmacht: Sie lieben es, kreativ zu sein. Das erscheint mir der eigentliche, ureigenste Götterfunke zu sein: die Kreativität. Neues suchen, entdecken, das Außergewöhnliche im Normalen sehen. Dazu bedarf es eines gewissen Freiraums, nicht gebunden an Notwendigkeiten; der Mensch ist unbestimmt; die Instinkte nageln ihn nicht fest. Er ist aufgerufen zur Kreativität. Ein Fortführen der eigentlichen Schöpfung, ihre Fortsetzung. Sie hat nicht ihren Abschluss gefunden, es wird weiter gewerkelt, dem Sein wird einiges hinzugefügt; in diesem Sinne ist tatsächlich alles Kunst; der Mensch hat Künstler zu sein. "Göttern kann man nicht vergelten, schön ist's ihnen gleich zu sein." Schöpferisch tätig sein, dem Vorhandenen etwas Neues hinzufügen – kann man auch als Wissenschaftler.

Vielleicht hat Schiller sich tatsächlich zur Lebensfreude hingezogen gefühlt – sie wich immer vor ihm aus, wie eine Fata Morgana? Man kann sie ja immerhin nicht herbeizwingen. Keine Disziplin der Welt vermag das. Insofern ist sie etwas Besonderes. Auch von außen kann sie nicht hinzugefügt werden; sie muss aus dem Inneren geboren sein; und Kreativität scheint ihr ganz gut zu tun. Ohne Kreativität zumindest geht sie erbarmungslos ein. Stumpfsinn ist ihr sehr abträglich, der Mensch hasst Wiederholungen, das Altbekannte, die Neuauflagen des Gestern. Man muss dem neuen Tag was anderes anzubieten haben, dann ist er eventuell geneigt, der Freude die Tür für einen Spalt zu öffnen, sie eventuell sogar hineinzubitten. Mit Optimismus hat man schon einen Fuß in der Tür.

"Unser Schuldbuch sei vernichtet! Ausgesöhnt die ganze Welt!" Man fühlt sich ja immer schuldig. Kann die Freude da was machen? Im Einklang sein mit sich selbst. Und das ohne Lethe, dieser Trank, der einem so gut dabei hilft, zu vergessen. Sind Wein und Bier geeigneter? "Brüder fliegt von euren Sitzen, wenn der volle Römer kreist." Wie lange muss man den kreisen lassen? Freude als Rausch ansehen? Die Asiaten empfehlen Mitleid als Universalmittel; aber wenn man allüberall nur Freude ausmacht, wen sollte man da bemitleiden? "Schließt den heilgen Zirkel dichter, schwört bei diesem goldnen Wein." Was beabsichtigt der Dichter damit? Den Moment des Rauschs ausnutzen und schnell Geselligkeit schmieden? Man muss das Eisen schmieden, solange es heiß ist; was aber, wenn die allgemeine Nüchternheit wieder die Oberhand bekommt, wie verlässlich ist dann die Freude? Will man von ihr noch was wissen? In der Ekstase schwört man gerne solche Sachen wie bedingungslose Liebe. Die Freude, einmal herbeigelockt, angelockt, soll ja schließlich Dauergast werden, soll sich wohlfühlen. Als Götterfunke soll sie schließlich so etwas sein wie ein allzeit wärmender Kamin.

"Seid umschlungen, Millionen!" Mittlerweile 7600 Millionen. 'ne ganze Menge. Da braucht man außergewöhnlich große Arme – oder man umarmt sie der Reihe nach. Geht auch. Wobei viele gar nicht umschlungen werden wollen. Mit Mahn- und Strafgebühr kommt man da wohl auch nicht weiter. Man kann die Leute nicht dazu zwingen, dass sie einem wohlgesinnt sind.

"Freude heißt die starke Feder in der ewigen Natur. Freude, Freude treibt die Räder in der großen Weltenuhr." Ich bin mir da nicht so sicher. Andere behaupten, dass Leid allem zugrunde läge. Wiederholung ist Leid, man ist es leid, sich Wiederholungen ansehen zu müssen oder gar da noch mitzuspielen. Wenn das Leben wie eine spannende oder lustige Serie ist, dann kommt allmählich Freude auf. Hat viel mit Kreativität zu tun. Monotonie ist da eher abträglich. Man muss sich auf die einzelnen Episoden freuen können, man muss das gerne sehen wollen. Aber wer gezwungen ist, sich Tag für Tag dieselbe Episode reinzuziehen, der möchte doch den Streaming-Anbieter wechseln. Kunst als Fortsetzung der Kreativität mit anderen Mitteln: quasi die Schöpfung weiterführen. Kunst sorgt dafür, dass was Neues auf der Bildfläche erscheint. Was über die bloße Routine hinausgeht. Gott will vermutlich auch kein Routinier sein, Er will sich selbst überraschen. Die Schöpfung ist im Gange. Von der Freude sagt Schiller: "Sphären rollt sie in den

Räumen, die des Sehers Rohr nicht kennt!" Pionier sein. Hollywood muss zumindest Remakes anzubieten haben; Veränderung ist angesagt.

Wobei Langeweile den Kern für was ganz Neues in sich trägt – auf der Flucht vor der Eintönigkeit, Einförmigkeit. Die Freude als Kompass: Was könnte was sein? Wie eine Wünschelrute – wo befindet sich das Wasser des Lebens? Schöpfen aus der Quelle der Kreativität. Und man hofft, dass ihre Möglichkeiten nie erschöpft sind.

Beim Wettstreit der Freuden tut sich die Vorfreude hervor – sie ist angeblich die schönste Freude. Wir sind gar nicht so gut darin, den eigentlichen Moment zu genießen, aber wir antizipieren gern, nehmen ihn im Geiste vorweg; da hat sie alle Zeit, in Gedanken-Sphären alle Plätze im mentalen Kino zu besetzen – Vorfreude füllt uns restlos aus, sie ist eine Künstlerin, wenn es darum geht, die Verbindung von berechtigter und unberechtigter Hoffnung möglichst lange aufrecht zu erhalten. Man schwelgt im Vorgefühl dessen, was einen erwartet, nicht abgelenkt vom Tatsächlichen, das meist viel rustikaler, bescheidener und viel weniger effektvoll ist – es versteht es einfach nicht, sich so gut in Szene zu setzen wie die Vorfreude, der alle Gedanken-Mittel zur Verfügung stehen. Man wird ja ungern vom Tatsächlichen widerlegt.

Dennoch sind die Momente relativ selten, bei denen man vor Freude an die Decke springen möchte. Man begnügt sich meist mit einem Arme-Hochreißen – das ist eben nicht gehüpft wie gesprungen – auch diskrete Hopser gestattet man sich äußerst selten. Man ist sehr zurückhaltend – legt die Freude gewissermaßen an die Leine; sie kann ja nicht machen, was sie will. Auch wenn Schiller sich das so schön ausgemalt hat. Leicht kommt der Vorwurf auf: Ob man einen Sprung in der Schüssel habe? Die Seele stellt in der Hinsicht der Freude kein Trampolin zur Verfügung. So gestattet man sich im Laufe des Lebens nur millimeterhohe Freudensprünge. Eigentlich schade. Die Vergnügtheit bleibt auf der Strecke. Disziplin allein kann das nicht kompensieren.

Der Groll gestattet sich da zuweilen reichlich Schadenfreude, nicht zu knapp. Wobei der Schadenfreude keine Noblesse bescheinigt wird; die darf vermutlich nicht mit ins Elysium. Die Freude, als Tochter aus Elysium, passt da höllisch auf, wen sie mitbringen darf. Also feuertrunken sollte man schon sein. Es ist unbekannt, wie oft Helena, Achilles und Menelaos im Elysium feuertrunken sind, aber dank Lethe erinnern sie sich vermutlich gar nicht an ihre vorige Existenz-Form, was eigentlich ein bisschen schade ist, da sie es immerhin in Homers Werk geschafft haben. Vielleicht blättern sie zuweilen darin. Aber da ist wieder das Problem mit der Wiederholung; wie oft sollen sie das lesen? Dank Lethe vermutlich zig Millionen Mal – und merken nicht mal, dass sie hingehalten werden, dass sie sich in einer Endlos-Schleife befinden. Törichte Freude, die ohne Erinnerung auskommen muss? Aber wäre das der Preis für vollendete Freude – alles Missliche ad acta legen zu müssen, abzulegen alles Nicht-Elysische?

"Freude sprudelt in Pokalen, in der Traube goldnem Blut ..." Dem Wein wird einiges abverlangt, er soll die Freude schüren. Ist es ein lustloses Stochern? Es hat etwas Künstliches, Aufgenötigtes, Unehrliches ... Die Freude künstlich aufblähen derart. Wirkt das nicht grotesk? Und das als Ticket fürs Elysium? Möglichst erste Reihe, beste Plätze? Wer hat mehr Freude getankt? Okay, Dionysos würde all dem zustimmen. Aber nicht jeder ist von Amts wegen ein Weingott. Was tut noch der Freude gut, was kann sie stärken? Am besten, ohne jeglichen äußeren Anlass. Sich freimachen von den Bedingungen der Welt. Wie ein Schauspieler auf Abruf Gefühle parat hat, so könnte man mit der Freude verfahren. Hat aber etwas Liebloses. Sie triggern, hervorlocken durch entsprechende Köder. Man fängt die Freude ... Oder man widmet ihr eine Ode, dass sie zumindest glaubt, dass sie über diese großartige Macht verfügt. Vertrauen in sich selbst. Soll sie glauben, dass sie tragfähig ist; eine Brücke, so solide wie Bifröst, die Regenbogenbrücke. "Zu den Sternen leitet sie, wo der Unbekannte thronet."

ENDE

Allzu viel Mysteriöses hat die Weltgeschichte bisher nicht vorzuweisen; oder ist unser Vorgehen zu rational? Kaum seltsame Ereignisse dabei; wenn man sich da durchklickt als Zeitreisender; es trieft nur so von Banalem. Das freut die Wissenschaftler, aber den inneren Mystiker entsetzt das geradezu. Es trieft vor Blut, man watet durch Grausamkeiten; aber Rätsel, die es an Rätselhaftigkeit mit dem Universums-Rätsel aufnehmen könnten, sind rätselhafterweise kaum dabei. Als ob es auf dieser Ebene, den unteren Etagen, nichts Seltsames im Angebot gäbe. Nur im Obergeschoss wird heftig über die Ontologie gestritten, es geht um Deutungshoheit; was will das Universum? Will es enträtselt werden? Ziert es sich? Ein Kaufhaus der Merkwürdigkeiten – aber die Regale sind kaum gefüllt. Und wenn man dann doch was einpacken will, kommt ein Wissenschaftler daher und packt das schnell in die Abteilung für gelöste Fälle. "Ist nicht absonderlich. Nur das Übliche in etwas anderer Aufmachung." Es ist zum Verzweifeln. Man ist auf der Pirsch, man stellt den Rätseln nach – man kommt sich vor sie ein übereifriger Ghostbuster – aber alle Gespenster wurden von der Wissenschaft umerzogen; es gibt keinen Spuk, nichts, was in andere Dimensionen hinüberreichen würde, auch wenn einige Theoretiker von 10 oder 11 Dimensionen sprechen, die sie unbedingt für ihre Theorien benötigen. Verzweifelt und ausgehungert stürzt man sich auf Verschwörungstheorien, bevor die einem auch noch geklaut werden, bevor sich der nüchterne Verstand sich ihrer annimmt – und das war's dann mit dem Rausch des Mystikers – kein Stoff für ihn. Verbannt in ein kaltes, durch und durch logisches Diesseits, dem nicht mal der Hauch von Mystik und Rätselhaftigkeit anhaftet. So wird man verwiesen aufs Welt-Rätsel, kann daran herumdoktern, sich seine Gedanken machen.

Unser Universum liebt die Logik, ist ganz vernarrt in sie. Magie wird kaum geduldet – es scheint so, als ob die Magie jedes halbwegs gute Rätsel nutzen würde, um dort in Erscheinung treten zu können, etwas hervorzulugen. Sie scheint uns heftig zuzuwinken, aber der Wissenschaftler in uns übersieht das geflissentlich. Sie ist ganz enttäuscht; sucht Anlässe. Muss ja kein Ouija-Board sein, keine Séance, aber etwas Aufmerksamkeit wäre nett; statt ihr ständig von vorneherein 'Unmöglichkeit' zu attestieren. "Du bist unmöglich!" Eines Tages glaubt sie das noch – das war's dann mit der Magie und den Rätseln – wenn sie keiner braucht, kein Bedarf da ist, dann verschwindet so etwas vom Seins-Markt. Dann soll doch die Ratio siegen – sie, mit ihrer Verbündeten, der Logik.

Warum vermisst der Mensch das Mysteriöse? Als wenn es eine Zutat seiner Seele wäre. So wie eine Pflanze nicht nur Wasser benötigt; sie freut sich auch über etwas Dünger. Das Wasser des Lebens scheint nicht genug zu sein; Magie ist wohl mehr als ein Gewürz, sie ist eine essentielle Zutat. Der Mensch lebt nicht vom Brot allein – er will sich seine Gedanken machen können, will nicht, dass sämtliche Geheimnisse schon offenbart sind, das ist so, als ob beim Adventskalender jeweils schon alle 24 Türen geöffnet sind. Logik hat was Entweihendes; sie wischt gnadenlos alles beiseite, was nicht konform geht mit methodisch sauberem Denken. Die Logik will es schlüssig, sonst knallt sie die Tür zu. Da ist sie konsequent. Aber Magie hat etwas Ungenaues; sie ist da eher wie ein Nebel; sie will sich zunächst auch gar nicht genauer festlegen. Vielleicht hat sie was gemeinsam mit Fuzzy-Logik? Das Ungefähre, das Angedeutete, noch nicht Sichtbare, noch nicht ganz erschienen im Diesseits, zwischen den Welten stehend; ein Fuß noch in der Tür – im Haus der Möglichkeiten; unentschlossen, ob der Betrachter sie zu sich einlädt. Sie hat es nicht so mit dem Entweder-Oder.

'Erkenne Dich selbst' – eigentlich will man ja, dass diese Aufgabe nicht zu bewältigen ist; man will es der Ratio so schwer wie möglich machen; man will unergründlich sein, rätselhaft, fähig, sich selbst zu überraschen – ein Zauberer sein, dem weitaus mehr zu Gebote steht, als die bloße Logik zu bieten hat. Man will aus mehr schöpfen als aus dem Gefäß der Logik. Im Grunde wäre man enttäuscht, wenn die Welt durch und durch und ganz solide aus purer, reiner Logik aufgebaut wäre. Sie wäre schrecklich profan. Sehnsucht nach Charisma – man wünscht es dem Universum.

Vielleicht ist das auch eine Sache der beiden Gehirnhälften – die linke, rationale Seite soll nicht triumphieren über die rechte, Fantasie-begabte. Und Geheimnisse, Rätsel eignen sich wunderbar, um die Fantasie-Maschinerie in Gang zu bringen; sie hat ja sonst gar keinen Anlass. Man will spekulieren – nicht unbedingt an der Börse; Gedanken-Börse – welche Ideen erleben eine Hausse, welche schickt man auf Talfahrt? Die Welt der Optionen, nicht der Options-Scheine.

Zum Beispiel das Voynich-Buch – es gibt keine schlüssige Erklärung, man schickt die Fantasie auf Reisen, ins Land der Optionen. Welche Souvenirs bringt sie mit? Sie hätte ja sonst keinen Anlass für diese Reise, das Rätsel ist ihr Ticket. Eine von Rätseln befreite Welt – das ist der heimliche Alptraum der Fantasie; gänzlich allein mit der Logik – wie ein besserwisserischer Kollege, der sie nun gar nicht mehr zum Zug kommen lässt. Magie braucht das Rätselhafte. Sie ist geradezu dankbar für hingeworfene Rätsel-Brocken – aber Sudoku und Co. sind wie Fleischersatz-Produkte oder wie ein Kauknochen. Echte Rätsel, Unerklärliches ... Vielleicht lesen die Menschen deshalb gerne Krimis? Es geht nicht nur um Spannung, es geht um unbefriedigte Rätsel-Sucht. Der Mensch ist ein Rätsel-Süchtiger. Alles in ihm ist angelegt auf den Beruf als Mysterien-Detektiv. Wie ein Schlittenhund unbedingt laufen will. Wenn erst Cyborgs und Alexa-vernetzte Gehirne ihrer Logik-Lust frönen – ein Eldorado für jede Logik – und die Magie wurde ausgeknipst, abgeschafft, entsorgt, beiseitegeschafft. Sie ist kein Genauigkeits-Fanatiker – mag sein, sie passt nicht mehr in diese Welt; sie ist unexakt, sie hält sich immer mehrere Möglichkeiten offen, kann sich super schwer entscheiden, sie ist ein Options-Jongleur. Das Denken ist für sie keine Einbahnstraße – und meist auch kein Highway oder Datenhighway. Sie stromert so durch die Gegend, ihre Suche ist gänzlich anders; sie ist ein Suchender, weil sie die Suche an sich mag.

Vielleicht sind die Mythen vor allem ein Denk-Gebäude? Sie dienen als Gedanken-Gerüst; es wird anschaulicher; es denkt sich schwer im rein Abstrakten – man will etwas auf der mentalen Leinwand sehen, man braucht mentale Bauklötze; vorgefertigte Elemente – Versatzstücke … Das alles liefern die Mythen – man kann sich in sie hineindenken, man kann sie nutzen, es ist Arbeitsmaterial. Und der Bau-Auftraggeber, das sind die Rätsel – man will ein entsprechendes Gebäude errichten, eine Antwort finden … Mittels Analogien, Vergleichen – anpassen, umbauen, angleichen – aber man hat Material, man ist Bauherr.

So ähnlich wie bei der Mnemotechnik: Man macht Gegenstände fest an entsprechenden Orten – sei es, dass man geistig durch einen Park geht oder durch eine Tempel-Anlage. Vielleicht sind wir die Suchhunde des Universums? Auf Rätsel angesetzt, wir schlagen an, sobald wir ein Rätsel entdeckt haben. Jeder Jagdhund wäre todunglücklich, wenn es nichts mehr zu jagen gäbe; kein Hoch- oder Niederwild. Mag sein, die künftigen Cyborgs kommen mit der Situation prima zurecht – Logik-Enthusiasten, die auch noch das letzte bisschen Magie verscharren, verbuddeln. Ein unergründliches Lächeln – z. B. wie das von Mona Lisa – unerforschlich, unergründbar, geheimnisvoll – das alles passt der Logik nicht; man könnte ihr eine gewisse Oberflächlichkeit vorwerfen; sie mag es nicht, wenn etwas in der Schwebe gehalten wird, sie will ihm einen Stups in Richtung Eindeutigkeit geben. Das Sibyllinische soll abdanken. Das Rätselvolle ist aber der Urgrund jeder Fantasie. Logik ist kein guter Erfinder. Als Team leisten sie bessere Arbeit: Die Fantasie bringt jede Menge Erfindungsreichtum mit; man sollte ihr ihre Arbeitsbedingungen lassen. Sie ist ein super Kollege.

ENDE

Ist unsere Welt eine Simulation, ein Game – mit Spielregeln, von denen uns keiner was erzählt hat? Realität neu definiert – real ist das, was Du für real hältst. Die Simulation entzieht sich jeder Überprüfung. Bei einem Menschen kann man überprüfen, ob er eine Krankheit simuliert. Krankt die Realität an Simulitis? Dem Universum die Echtheits-Bescheinigung wegnehmen. Alles Leid, alle Freude nicht echt, lediglich Programm-Code? Das Universum eine 'Virtual Reality'-Show. Da macht man sich Gedanken, ob es Bielefeld nicht gibt – plötzlich ist das ganze Universum nicht-existent. Das Sein als Nicht-Sein. Man findet sich in einem gut gemachten 3D-Film wieder. Eine Art riesiger 'Big Brother'-Container. Und die Schöpfer so etwas wie Programmierer und Gamer. Deshalb so viele Kriege; ist einfach interessanter, als wenn die Spielfiguren alle nur ihre Zeit eremitenhaft verbringen; mehr Action, mehr Spaß. Böte andererseits die Chance auf einen Neustart, wenn man was versemmelt hat.

Das Universum konfrontiert uns ohnehin mit kaum Glaublichem: Es benimmt sich seltsam, zieht mal eben seine gesamte Materie zusammen, extremes Ballungs-Gebiet, entschließt sich dann zum Big Bang, bietet 2 Billionen Galaxien, aber begrenzt die Reisegeschwindigkeit extrem. Wie soll man sich da besuchen, kennenlernen? Nicht mal Sonderaktionen oder zum Kennenlernpreis.

Andererseits bietet eine Simulation viele Vorteile. Es macht die Sache sicherer. Bei einem virtuellen Autorennen kann man sich jede Menge Fehler leisten, das Spiel verzeiht. Man übt, kommt voran, eines Tages meistert man die Schwierigkeiten. Gott als genialer Programmierer. Engel als Computer-Nerds. Und Luzifer hat versucht, das System zu hacken? Das ist an sich Lokis Aufgabe. Irgendein Trickster mischt sie alle auf. Ragnarök scheint unvermeidlich. Von einem guten Schauspieler verlangt man, dass er sich mit seiner Rolle identifiziert, gewissermaßen den Ernst der Sache hervorhebt – zurückdrängen, dass alles nur ein Spiel ist. Die richtige Balance, Mischung von Ernst im Spiel und Spiel im Ernst. Spielt man zu verbissen, lässt man den Ernst siegen. Aber man sollte auch nicht dem Spiel vollends die Bühne überlassen, eine gewisse Ernsthaftigkeit sollte man beimischen und beigemischt lassen. Auffällig ist, wie stark unser Bewusstsein in die ganze Sache involviert ist; wie bewusstseinsgesteuert ist das Sein? Lässt es sich davon beeindrucken, zieht es seine Sache durch, auch wenn es keine Zuschauer hat, spielt es vor leeren Rängen, macht ihm das nichts aus? Auch ein Schauspieler ist auf Feedback angewiesen. Es braucht uns, um besser zu werden?

Stellt sich dann natürlich die Frage: Über wie viel Freiheit verfügen wir? Steuern wir von außerhalb uns selbst? Übernimmt das der Mega-Rechner? Werden einige der Figuren von außerhalb gesteuert? Die Paranoia ist herzlich eingeladen, sich das weiter auszumalen. In einem normalen Game gibt es Ziele. Moral definiert sich immer über Ziele. Keiner hat die Güte gehabt, uns die Spielanleitung zukommen zu lassen; es soll wohl intuitiv begreifbar sein. Aber das ist vermutlich das Problem: Wir sind gar nicht so sehr die Spieler, wir sind Spielfiguren. Der freie Wille – eine schöne Erfindung unseres Egos, lebt sich besser mit dieser Illusion. Soll man froh sein über Spiele-Anweisungen von außen: Bau eine Arche, hier sind 10 Gebote ...? Wie viel Spielraum hat man? Normalerweise kann man seine Handlungen begründen. Etwas außer der Reihe tun, testen, ob mit dem Chaos gut Kirschen essen ist.

Stecken im Programm-Code Fehler? Etwas tun, womit der Programmierer nicht rechnet. Ihre Mission: "Einen Mega-Rechner austricksen." Ein Universum kommt abhanden und Bielefeld wird ebenfalls vermisst? Ein Programm könnte man immerhin in 6 Tagen zum Laufen bringen. Dann klingen die Fakten in der Bibel auch wahrscheinlicher. Hat uns aber keiner gesagt, dass wir in der Beta-Phase sind. Das Himmelreich, der Olymp, Asgard – alles Bezeichnungen für die echte Welt. Zeus mit Joystick statt Donnerkeil, Poseidon mit Gamepad statt Dreizack.

So richtig beschämend wäre es, wenn wir eine Simulation in einer Simulation wären – und nebenbei erfahren, dass es zig

Millionen Kopien von uns gibt. Bisher war jeder zumindest einzigartig, aber als Avatar millionenfach zu existieren – da geht die Würde vollends den Bach runter. Wie viele Restarts haben wir hinter uns? Man würde am liebsten simulieren, ein Simulant sein – das kränkt, man fühlt sich echt mies, weil man nicht echt ist.

Vielleicht findet irgendjemand ja mal diesen verdammten Spielplan – damit man weiß, worum es bei diesem seltsamen virtuellen Turnier überhaupt geht. Ein absurdes Spielfeld – 2 Billionen Galaxien – und wir haben kaum eine Chance, uns in unserer eigenen Galaxie ein wenig umzusehen. Vielleicht sollen wir das Gegenteil von Langeweile produzieren: Zu Unterhaltungs-Zwecken sind wir engagiert. Das würde einen dazu auffordern, unkonventionell zu sein, die Berechtigung, Kunst, Kultur, Wissenschaft voranzubringen – und neue, gewagte Hypothesen auf Stimmigkeit zu testen. Neugier als treibende Kraft; setzt aber voraus, dass man sich nicht eh schon seit zig Runden im Kreis dreht.

Kann man aus der Simulation raus? Soll der Träumer erkennen, dass er träumt? Es gibt luzides Träumen – vielleicht wäre luzides Wachsein angebracht? Mit einem Bein außerhalb der Simulation. Sich selbst Programm-Code schreiben. Entdecke den Programmierer in Dir. Dann würde es auch Sinn machen, dass dem Bewusstsein so eine seltsam wichtige Rolle zukommt, übertragen wurde. Vielleicht einen Chat mit den Programmierern starten.

Das Universum ein gigantisches Hologramm. Oder aber, es erweckt nur den Anschein von Größe, spielt sich vor denjenigen auf, die es nicht durchschauen. Wer attestiert sich selbst nicht gerne Größe, womöglich auch noch Tiefe. Die Computerspiele werden immer realistischer – sie können es bald mit der Realität aufnehmen. Eine weitere Etage im Simulations-Gebäude. Ein Echtheitsnachweis wäre echt toll. Haarige Sache – am Ende sind wir so echt wie eine Echthaarperücke.

ENDE

Wie sicher ist man sich, dass man sich nicht ständig verhört? Der Narzisst deutet sich alles gern ins Rosarote, der Unheilsprophet sieht bei strahlendem Himmel die Anzeichen einer Gewitterfront. Man kann das Unken üben, sein Wirklichkeits-Modell systematisch und je nach Bedarf und Laune verzerren, modellieren; ein Künstler im Umgestalten. Gewissermaßen Plastische Chirurgie – Schönheitsoperationen vornehmen an der Realitäts-Visage, so dass sie einem eher zusagt.

Man will sich verhören, das Unterbewusstsein tut einem sogar den Gefallen und überspielt die entsprechenden Erinnerungs-Bänder; hat alles so nie tatsächlich stattgefunden – aber man hat Interesse daran, das alles dem derzeitigen Image anzupassen: Wie verkauft man sich am besten, wie handelt man den besten Preis für sich aus? Als Frohnatur blendet man das Unschöne aus, dimmt es auf erträgliches Niveau; da überhört man schon den einen oder anderen Hilfeschrei. Was wäre angemessen? Eine 1:1-Wiedergabe – die ganze Vielfalt an Stimmen? Kein Orchester, sondern Kakophonie; sehr unschön das Ganze.

Hat man sich je verstanden? Überhört man den eigenen Sender, übertönt man das bewusst mit Fantasy-Spektakel? Instagram-Filter und pausenloses Photoshopping für die Psyche? Was präsentiert man dem Bewusstsein? Man will ja Likes für sich, an der eigenen Zustimmung ist einem sehr gelegen; das zu häufige Stirnrunzeln verleidet einem doch den Tag. Wenn Engelchen und Teufelchen 'Guter Bulle, böser Bulle' – good cop, bad cop – spielen und einen in die Mangel nehmen – wann wird man einknicken bei so einem Verhör? Man wünscht sich Kompatibilität mit dem Guten; aber wie viele Dissonanzen muss man dann bereit sein, zu überhören?

Im Einklang mit der Welt – die Welt ist ja ohnehin zerrissen, uneins – das ist nicht das Problem, aber man will identisch sein mit der besseren Version von sich. Charakter aufmotzen, Feintuning an der Psyche. Im Film schaffen die Helden das meist in 90 Minuten, das ist rasant. Nicht ganz so vorteilhaft ist es, dass man

An-sich-Neutrales negativ deutet, sich jeden Schuh anzieht. Die Fähigkeit zur objektiven Wahrnehmung, das Ich mal ausklammern aus dem Wahrnehmungsprozess, die Wirklichkeit auf sich wirken lassen: Das hat etwas Befremdliches, die Realität zerfällt, alles Vorgefertigte passt nicht mehr, man legt vergebens die Schablonen an ... Objektivität – das sind vor allem Einzeldinge, Einzelteile – man ist es gewohnt, dass das Bewusstsein sie für einen rasch zusammenbaut, als Einheit präsentiert. Plötzlich steht man verloren vor einem Puzzleteile-Haufen – könnte alles Mögliche ergeben.

Der Preis der Subjektivität: Man sieht Bilder, die vielleicht so gar nicht existieren, manchmal entsprechen sie der Realität ganz gut. Manchmal will man ganz bewusst die Nicht-Übereinstimmung. Eigentlich ist der Narzisst ganz gut dran; er ist unentwegt begeistert von sich. Man kann nur hoffen, dass Gott kein Narzisst ist, sonst erschiene Ihm Seine Schöpfung, Sein Werk, stets im allerbesten Licht – und Er würde gar nichts mitbekommen von etwaigen Unstimmigkeiten. Werden Gebete erhört? Verhört Er sich? Wäre nicht so gut.

Wie ließen sich Objektivität und Zufriedenheit vereinbaren – und dass die ganze Welt nicht in ihre Einzelteile zerfällt, da nur die Subjektivität anscheinend über die Möglichkeit verfügt, das alles einigermaßen zu kitten und ein stimmiges Gesamt-Bild zu konstruieren? Der Objektivität wird es schwergemacht in dieser Welt, sie ist eine Fremde, im Grunde will man sie nicht. Die Illusions-Show soll weitergehen; was soll man mit einem Haufen fragmentarischer Objekte? Alles fragmentiert – die schöne Ordnung wird durch die Subjektivität hergestellt, sie ist eine Künstlerin, sie macht etwas aus der rohen Realität, macht sie zu etwas Akzeptablem und Annehmbarem.

ENDE

Wer schwört auf Verschwörungstheorien?

Verschwörungstheorien machen die Welt zu einem interessanteren Ort. Man fühlt sich in einen Roman versetzt, es gibt eine Handlung, es gibt Akteure. Nicht nur ein Zufalls-Gemisch, das dies und jenes zeitigt. In einem Roman, in einer Erzählung hat alles Bedeutung, es ist stringent. Man kann sich auf die Antagonisten verlassen – im Leben hingegen hat man als Gegenspieler die Umstände, man hat es mit Konstellationen zu tun. Ganz abgesehen davon, dass das Alter Ego von einem oft nichts Besseres zu tun hat, als einem ein Bein zu stellen. Was soll das? Transformation der Realität in eine Erzählung: Das hätte was. Den Zufall auf die Plätze verweisen, er sei nicht maßgeblich. Vielleicht auch Ursprung der Götter-Idee: Man kann jemanden benennen, der hinter all dem steckt; jemand beispielsweise, der sich für den Trojanischen Krieg interessiert und seine Truppe anfeuert, mitfiebert, gelegentlich in eine Wolke gehüllt am Spiel-Geschehen teilnimmt. Odysseus wusste, wer ihm das Leben schwermachte: Poseidon – ihn hatte er verärgert. Das klingt doch besser als Meteorologen-Erklärungen. Furcht vor dem Zufall; dann doch lieber die Götter. Auch wenn sie launenhaft sind. So ähnlich wie die römischen Kaiser – lieber die, statt Anarchie.

Bei Verschwörungstheorien unterstellt man dem Gegner, dass er gewiefter sei, einfallreicher, als es im Leben im Allgemeinen der Fall ist. Ist Paranoia eine Nebenwirkung, Begleiterscheinung, der Preis, den man zu zahlen bereit sein muss für eine erzählbare Welt, eine Welt, die durchdrungen ist von Handlungs-Logik? Nur ist die Realität damit überfordert. Der Zufall, das Chaos – die lassen sich nicht einfach so ausklammern. Dinge geschehen, Flugzeuge stürzen ab ... Es ist die langweiligere Version. Kein Mensch würde die Realität erzählen wollen. Deshalb findet die sich auch nicht wieder in den Romanen. Keiner gibt ein reales Gespräch wieder, so wie man es im Bus oder Zug gehört hat. Die Realität ist an Langeweile kaum zu überbieten – jedenfalls kann sie nicht mithalten mit einem Roman, einem Epos. Da kommen die Verschwörungstheorien ins

Spiel – sie bieten sich an, man baut sie ein, das Leben ist ungleich interessanter. Im Film gibt es immer einen konkreten Gegner – für den Zuschauer ist klar, wenn der besiegt ist, ist das Ziel erreicht. Aber gegen Umstände, Gegebenheiten lässt sich nicht derart wirkungsvoll kämpfen, es ist, als ob man auf Wolken eindrischt. Das Leben ist nebulös, unscharf – bietet nicht die Exaktheit eines Romans; unglaublich viele Variablen – man müsste es reduzieren können, die Gleichungen simpler machen. Einen Schuldigen benennen. Womöglich kann man sich beim entsprechenden Gott entschuldigen – wenn man ihn verärgert hat; Krise behoben, alles wieder im Lot. Es macht die Welt übersichtlicher, wenn man es mit Akteuren zu tun hat. Die Anarchie des Seins – eine Unverschämtheit – man hält nach Mustern Ausschau und kriegt bestenfalls 'ne grobe Skizze in die Hand; damit soll man zurechtkommen? Das Gehirn sehnt sich nach Vereinfachung, Überschaubarkeit – aber es ist weder spannend, noch logisch, was da so geliefert wird. Man hasst mittlerweile den Zufall – schlechtester Roman aller Zeiten. Und man selber will aus diesen Seiten raus, man will sich in ein anderes Buch verfrachten.

Selbst im Traum verbindet man die Zufalls-Bilder mit einer Handlung; das Gehirn kann mit einer Handlungs-armen oder Handlungs-freien Welt nichts anfangen. Etwas benennen können, das verleiht Macht. Es scheint einem wie der erste Schritt zur Heilung, zur Genesung. Man fightet nicht gern gegen das Unbestimmte; man hätte es gern etwas genauer. Der namenlose Schrecken ... Wie schön, wenn man etwas beim Namen nennen kann. Ist aber nicht immer möglich. Auftritt der Verschwörungstheorie. Hierfür wird sie gebraucht, gebucht, engagiert. Eine Freundin des Gehirns, die ihm dabei hilft, die Welt zu verstehen; manchmal liegt sie mit ihren Vermutungen sogar richtig, manchmal meilenweit daneben. Wie kann man ihre Treffgenauigkeit erhöhen? Sie hat es nicht so mit Logik, man sollte die Logik mit ins Team bitten; allerdings neigt die Logik dazu, alles vorschnell als Quatsch abzutun, sie gönnt der Fantasie keinen Freiraum, sie muss ja erst mal ihre Hypothesen entwickeln, mal sehen, ob was Brauchbares dabei ist. Logik ist aber für derlei

Brainstorming nicht zu haben, sie wendet sich angewidert ab. Dabei wäre sie allein wohl aufgeschmissen, wenn sie die allergrößte Verschwörung aufklären sollte: Wo ist sie da hineingeraten, was hat es mit dem Universum auf sich? Es entbehrt jeder Logik. Das gibt sie sogar zu. Wie viel Zufall, wie viel Absicht stecken dahinter? Cui bono – wer profitiert davon? Normalerweise ermittelt man so den Täter.

Oder sind Verschwörungstheorien per se nicht diskussionswürdig? Wäre den Geheimdiensten schon recht. Soll ja geheim bleiben. Bekennerschreiben sind für sie eher unüblich. Kommt hinzu, dass die Verschwörungstheorie eigentlich immer das interessantere Erklärungsmodell ist, peppt die Welt auf: Marilyn Monroe, John F. Kennedy – war es so, wie es den Anschein hat, oder investiert jemand in den Anschein? Was ist Maskerade? Dümpelt die Historie vor sich hin, oder nimmt sie Befehle entgegen, sagt ihr jemand, welchen Kurs sie jeweils einzuschlagen hat? Die Welt ist nicht so interdependent – jeder wuselt vor sich hin, das hat alles kein Konzept. In einem Roman würden unzählige Figuren entlassen, sie sind nicht handlungstreibend. Für Klönschnack hat der Roman kein Herz. Vielleicht ganz gut, dass die Welt kein Epos ist, keine Notwendigkeit, sich für irgendwas zu qualifizieren. Man wird nicht eingeschworen auf ein Handlungsziel, man baut seine eigenen narrativen Strukturen – denkt sich eine Komödie aus inmitten von Dramen. Steht einem frei.

Die Suche nach einem Täter, einem Verursacher – die Welt als Krimi mit Tausenden von Staffeln – Whodunit ... Gibt es Whistleblower? Enttarnung konspirativer Machenschaften. Wird man eingeschworen auf eine verbindliche Wahrheit? Mittels Mindfucks Erleuchtung erfahren? Wäre was Neues – haben die Eremiten noch nicht ausprobiert. Dem Wahrheitsregime abschwören? In welche neue Verschwörung gerät man dann? Hat man am Ende nur die Wahl zwischen verschiedenen Verschwörungstheorien – und ist die Standard-Realität einfach nur die erstbeste Wahl, gäbe es bessere Verschwörungs-Modelle, hat der Verkäufer da noch was Passenderes? Verschwörungstheorien sind ja kein Schuhkauf – aber es kann dennoch drücken, man geht unbequem; lieber die Sneaker oder die Sandalen?

Für Rätselhaftes, Unaufgeklärtes gibt es immer verschiedene Erklärungen. Die offizielle Version soll geglaubt werden. Hat aber auch was tragisch Langweiliges. Dank Whistleblowern gibt es Alternativ-Narrative – da sieht die Sache schon ganz anders aus. Vielleicht hätten die Griechen damals durch einen Whistleblower erfahren, dass Helena ganz freiwillig mit Paris mitgekommen war und dass ihr Kriegsgrund einige Schönheitsfehler hatte. Aufklärungs-Arbeit – eigentlich eine unterstützenswerte Tätigkeit – dennoch weht WikiLeaks ein scharfer Wind entgegen. Es verschwört sich einfach besser, wenn sich da keiner der Aufklärung dieser Verschwörungen verschworen hat. Bei einem Date allerdings ist ein verschwörerisches Augenzwinkern überdeutlich – Dekonspiration unnötig.

Man kann Verschwörungstheorien natürlich auch inszenieren, um damit dem Gegner alles Mögliche zu unterstellen. Hat gravierende Folgen – die Welt erscheint einem so, wie sie einem erklärt wird. Jemand anderem was in die Schuhe zu schieben, ist nicht nett, es sein denn, das macht der Nikolaus. Man unterstellt dem Lügner, dass er die Wahrheit sagt, doch es sind Unterstellungen. Wäre natürlich toll, wenn man auf Anhieb erkennen könnte, an welcher Verschwörungstheorie was dran ist, und welche aus der Luft gegriffen ist. Qualitäts-Beurteilung. Wie Diamanten, die man auf Einschlüsse prüft. Was ist lupenrein? Was ist Fake?

Einerseits besteht ein erhebliches Interesse, Verschwörungstheorien in die Welt zu setzen, andererseits versucht man, sie mit allen Mitteln zu bekämpfen. Man misstraut der offiziellen Lesart, man testet verschiedene Brillen, gibt sich mit der ursprünglichen Sehschärfe nicht zufrieden. Ist es eine Frechheit, zu behaupten, dass sich die Erde um die Sonne dreht? Manchmal nützt der ganze Verschwörungs-Eifer nichts – die Sonne bringt es an den Tag. Einst hat man sich gegen die Wissenschaft verschworen, jetzt nutzt die Wissenschaft die Gunst der Stunde, um sich gegen all das abzugrenzen, was ihrer Meinung nach nicht dazugehört: Sie tut sich schwer mit den Grenzwissenschaften, will davon nichts wissen. Zu esoterisch, zu paranormal. Um Einlass wird vergeblich gebeten. Wie bei den Verschwörungstheorien: Lächerlich-Machen als Waffe, man schirmt sich ab. Was ist mit dem Credo der Vorurteilslosigkeit?

Vielleicht betätigen sich ja demnächst einige Engel als Whistleblower – und verraten, was so abgeht im Himmelreich, posaunen es aus. Luzifer war diese eingeschworene Gemeinschaft suspekt. Er schwört auf Selbstbestimmung – oder ist das auch nur eine Verschwörungstheorie?

ENDE

Verwechslungen

Das ganze Leben eine Verwechslungskomödie, eine Comedy of Errors. Inwieweit entspricht das Äußere dem Inneren, erfüllt man irgendwann automatisch die Erwartungen, die der äußere Anschein weckt? Die Physis ist ja nicht die Person. Man sagt, der erste Eindruck sei entscheidend, aber wie kann ein Moment stellvertretend für ein ganzes Leben sein? Ein Ausschnitt, eine Momentaufnahme. Man legt sich fest, man ist derjenige, der man in dem Moment war. Festgelegt. Man verwechselt das Gestern mit dem Jetzt – und auch der Zukunft wird unterstellt, dass sie irgendeine Ähnlichkeit habe mit dem Gewesenen, als ob es da eine gewisse Folgerichtigkeit gäbe. Versperrt man sich selbst damit die Chance für Veränderungen? Will man das so? Gäbe eine gewisse Sicherheit. Aber was ist mit dem Unkalkulierbaren, der Sprungbereitschaft der Seele, die sich liebend gern in ganz neuen Konstellationen wiederfände – so als ob es eine Kostümparty sei? Austausch des Ichs – wie ausgewechselt sein – sich die Erlaubnis erteilen, mal ganz anders zu empfinden, kein Sklave der gestrigen Gefühle. Man bewegt sich in Kulissen, beurteilt die Welt nach der Fassade. 'Allem Anschein nach' ... das muss meist genügen. Man verwechselt das Äußere mit der echten Welt, erhält Maja. Bluff hat Konjunktur, man schauspielert, die Evolution heißt das gut.

Ist man die Idealbesetzung für die Rolle, die man spielt? Führt das zu einer Perfektionierungs-Sucht? Sich in eins setzen mit den Archetypen, sich so weit typisieren, dass das Leben zu einem Comicstrip wird inklusive zugehöriger Sprechblasen. Fein. Man erleichtert es den Leuten, einen einzuschätzen. Was soll der ganze Individualisierungs-Aufwand? Macht doch alles unnötig kompliziert. Affiges Getue. Man ist der, für den man gehalten wird. Aus dieser Comedy of Errors auszubrechen, wäre viel zu mühsam – verbunden mit zig ermüdenden Erklärungen. Also beschließt man irgendwann, gerne Typus zu sein. Sieg des Äußerlichen, der Äußerlichkeit.

Man kann sogar diesen Effekt verstärken: Unsummen ausgeben, um zumindest das Äußere näher ans Ideal zu bringen. Touchdown für den Anschein. Die Seele sitzt eventuell im Publikum – und fragt sich, ob das ihr Spiel sei. Erkenne Dich selbst – das heißt aber auch, dass man seine Seele zum Gespräch bitten sollte. Es gibt leider keinen passenden Spiegel für sie. Man denkt zwar, man sähe gelegentlich ihren Doppelgänger – aber es sind bestenfalls Seelenverwandte. Man setzt sich gerne in eins mit den Helden und Superhelden – zuweilen wohl auch mit den Antagonisten. Ist das nun gutes Baumaterial für die eigene Person, so im Sinne von Wilhelm Meister – baue, fertige Dich selbst – besorge Dir die nötigen Zubehörteile – und voilà, fertig ist die Persönlichkeit aus der Retorte? Vielleicht muss auch jeder Versuch der Individualisierung scheitern, da man dem Netz des Typischen gar nicht entkommen kann. Man verwechselt diese Welt mit einer optimalen Welt – sie ist weit entfernt davon; man selber hat auch wenig dazu beigetragen, dass es ein würdiger Ort für Optimisten wäre: Sie werden andauernd widerlegt durch die Hoffnungslosigkeit der Gesamt-Situation. Kommt hinzu, dass der Planet bald hoffnungslos ausgebucht ist.

Vielleicht ist es auch keine Verwechslungskomödie, sondern eine Verwechslungstragödie? Wäre nicht weiter tragisch, aber man liebt die Verwechslungen, ist ganz versessen darauf: Man will dieser Welt unterjubeln, dass sie toll sei, allen Anlass zum mindest wöchentlichen Jubel böte. Zur Not müsste man es ihr einhämmern. Geht nicht ohne Verletzte ab. Sich selbst würde man gerne Großartigkeit bescheinigen, ein hohes Maß an Loyalität attestieren – aber man verrät sich selbst, indem man immer dem Typus den Vorzug gibt, sich orientiert an dem, was angesagt ist, was hip, cool sei. Mut zur Uncoolness, sich dem Trend, dem Sog widersetzen, keine Marke sein. Nicht annehmen, dass andere Glücksrezepte in Umlauf bringen würden, denen man nur nacheifern müsste, Erfolgsformeln für Schnellentschlossene. Meist ist es Betrug – vor allem an sich selbst. Man begeht unaufhörlich Verrat am Selbst-Konzept. Erhält einen Bau, der nichts, aber auch gar nichts mit dem Gebäude zu tun hat, das man ursprünglich bauen wollte: Als ob tausend Architekten und Innenarchitekten sich plötzlich eingemischt, eingebracht hätten mit tollen Ideen und Vorstellungen – aber man selbst ist der Regisseur, der Dramaturg, der Bauleiter; man sollte sich das nicht nehmen und abnehmen lassen. Wehret den coolen Anfängen – wenn man anfängt, sich über Coolness definieren zu lassen, landet man bei den Anonymen Anonymen. Man verliert sich einfach selbst – hat aber weiterhin durchaus den Eindruck, dass man genau da stünde, wo man hingehöre. Ist dennoch der falsche Platz. Man steht neben sich. Absolut nicht deckungsgleich mit dem Ich. Wen auch immer man dann erkennt, es ist nicht mal die schwache Kopie des eigenen Selbst.

Vielleicht ist der Kern des Selbst so etwas wie der Ring des Nibelungen – er hat die Fähigkeit, aus sich heraus den gesamten Schatz zu erneuern, neu zu bilden. Genetischer Code auf spirituellem Gebiet. Man hätte dann eine Verantwortung: Bewahrer, Hüter dieses Schatzes. Als ob man Wein verwässern würde – all die Bemühungen, der lange Weg, sich aufmachen zu den Archetypen ... Aber man sucht ja nicht das Typische, man sucht sich. Um den Preis, dass man ein Bündnis mit dem Zufall eingeht, sich mit ihm einlässt. Den Erwartungen und der Erwartungshaltung einen Korb gibt. Man improvisiert, wird vielleicht sogar ein Improvisations-Talent – oder aber man verirrt sich heillos – aber gerade in der Verwirrung steckt Potenzial. Das ursprüngliche Chaos bietet dem Künstler alle Möglichkeiten, es ist da nichts wohlgeordnet, man muss sich zurechtfinden. Und inmitten des Ungeordneten hat, findet die Seele plötzlich ihren Spiegel; erkennt sich im Chaos, weil es ihr erlaubt ist, sich selbst darauf zu projizieren. Ein Original, ein Abbild, eine Druckplatte des Selbst, der Seele. Ist doch was.

Salz und Zucker zu verwechseln, kann passieren – lässt sich nicht rückgängig machen. Vielleicht versalzt man sich in ähnlicher Form die Erdbeeren, wenn man glaubt, dass Schablonen in irgendeiner Form hilfreich seien, um ein tadelfreies, mustergültiges Leben zu führen. Ich glaube nicht, dass Gott nach Schema F vorgegangen ist beim Entwurf des Weltgebäudes. Es mit dem Chaos aufnehmen, improvisieren, sich von Eingebungen leiten lassen, der einen oder anderen Vision Folge leisten, sie verwirklichen. Vielleicht gebührt der Seele ähnliche Aufmerksamkeit? Man sollte sie nicht abspeisen mit einem Menü aus vorgefertigten Ideen. Ihr was Besonderes vorsetzen, sie aufpäppeln mit einem Gemisch aus Innovativem und Einzigartigem. Damit kommt sie in Form, fühlt sich fitter, kann mithalten beim nächsten Seelen-Marathon. Sie ist ja kein Protagonist aus der Tube. Sie sollte ihren Ursprung spüren – sie ist ein Teil der Bewusstwerdung des Universums. Das kann sie aber nur dann sein, wenn sie originär ist. Wichtige Voraussetzung. Das macht sie unverwechselbar.

ENDE

Wenn alle Stricke reißen

Wenn alle Stricke reißen und man nicht mal mehr die Reißleine ziehen kann, wie soll man sich da noch zusammenreißen? Was könnte eine letzte Sicherung sein, wenn einem die Sicherung durchbrennt? Durchbrennen, weglaufen, Reißaus nehmen ... Oder das Desaster als das nehmen, was es ist: Alarm – wie ein Wecker, der einen unsanft aus dem Schlaf reißt. Er ist da nicht behutsam, das ist nicht seine Aufgabe. Gurus meinen immer, man müsse aufwachen; aber wo sind sie alle, die Erweckungs-Erlebnisse? Man könnte Fehlschläge umdeuten: Das, was man bisher glaubte, im Schlaf zu beherrschen, war eine müde Leistung. Das Bewusstsein hochfahren, Hebel auf Maximal-Power. Manches wird einem wunderlich vorkommen – fremdartig. Als ob man ein Wort zigmal wiederholt – das Vertraute entfremdet sich einem, je bewusster man es betrachtet. Die Hoheit über die Situation an sich reißen – Deutungshoheit – sich nicht von der Gesellschaft vorschreiben lassen, wie man was zu interpretieren habe. Wenn Tradition einem plötzlich vorkommt wie ein windschiefes Gebäude ... Den Mut zu haben, eigene Gedankengebäude daneben zu bauen.

Wenn alle Stricke reißen – hier ist nicht Plan B gemeint, sondern Plan Z: Hat man sowas? Die Vorstellung, dass man für alle Eventualitäten nur den entsprechenden Reserve-Plan verwenden muss ... Die Seele als Versicherungs-Vertreter, das Rundum-Sorglos-Paket inklusive Airbag. Es gibt den Spruch: 'Er wuchs über sich hinaus.' Gefahr, Krise als Dünger. Not macht erfinderisch – Trost darin finden, dass sie allesamt gefordert sind: Der Verstand, die Krisenmanagement-Truppe des Unterbewusstseins, der Bibliothekar, der das Gedanken-Archiv verwaltet – sie müssen alle an einem Strick ziehen: Koordination der Kräfte. Im üblichen Wirrwarr heben sich die Kräfte auf. Die Not gibt die Richtung vor, man hat einen Wegweiser.

Die Welt scheint einem Empathie aufzuzwingen. Was wollen die anderen, wie kann man deren Wünsche in die eigene Strategie einbauen? Beinahe schon Feldherren-Qualitäten, ein Gespür für das, was andere bewegt. Wenn man Glück hat, kann man sich vom Nachbarn oder Freund Stricke ausleihen – Ersatz für all die gerissenen Stricke, das wäre gerissen. Dann kann man wieder was reißen.

Oder haben einen die Stricke begrenzt – wie ein Esel, der mit einem Strick an einen Baum gebunden ist? Freiheit sieht anders aus; Zeit für Eseleien. Störrisch ist man ja immer nur aus Sichtweise der anderen; weil man nicht so will wie sie. Mal zum Wasserfall trotten. Wenn alle Brünnlein fließen, so muss man trinken. Und sind die Brunnen in der Umgebung versiegt, dann muss man wandern. Wie die Bremer Stadtmusikanten, die nicht gerade durch bestrickenden Gesang Karriere machten, es war vielmehr ihre Vehemenz. Mit Begeisterung bei einer Sache sein. Wenn es hart auf hart kommt, sollte man nicht weichen.

Wenn alle Stricke reißen – vielleicht sollte man es mit etwas Soliderem versuchen? Reißfest. Eine gewisse Reißfestigkeit der Seele. Die Bibel verspricht ja diesbezüglich unbegrenzte Haltbarkeit – bis zum Jüngsten Gericht und noch viel weiter. Sie bescheinigt dem Menschen gute Qualität in Bezug auf Seelen-Material. Mit was wurden wir bestückt? Der Teufel sieht das als Handelsware, er macht uns einen guten Preis. Bei ihm ist immer Not am Mann – ein Appartement in der Hölle, da hat man ständig Ärger mit dem Vermieter.

Wenn es wenigstens nur einige Stricke wären – ein bisschen Knatsch, Misshelligkeiten im Westentaschenformat, Stunk mit dezenter Duftnote: Aber dass gleich alle Stricke reißen, ist unfair, das stinkt einem gewaltig. Tja, das Leben kann ein Skunk sein. Was soll man da mit dem Parfum der Hoffnung ausrichten? Charme versprühen.

Von der Wiege bis zur Bahre kriegt man nicht die Biege, kriegt man nicht das Wahre. Man vernetzt sich, hat seine Seilschaften, knüpft Liebes-Bande – und alles reißt unaufhörlich; das reißt ein – Verluste kommen in Mode, man gewöhnt sich an die Defizite. Defizitärer Seelen-Haushalt. Von weitem sieht man Luzifer winken, den Himmel kann man sich wohl abschminken.

Oder aber man ist Falschspieler – hat immer noch ein Ass im Ärmel; kennt sich mit den üblichen Fallstricken des Lebens aus; ein Trickster par excellence. Wachsam. Odysseus als Vorbild – was soll man Troja belagern, gegen Mauern rennen? Man wär ja ein Tor, ginge man nicht zum Tor hinein. Ob Menschheit die entsprechenden Portale findet? Sternentore, Himmelstore ... Vielleicht heißt es nicht 'Klopft an und Euch wird aufgetan', sondern 'Bringt das verdammte Trojanische Pferd hinter die Linie – erzielt einen Touchdown mit Raffinesse!'? Könnte doch sein.

Oder man nimmt die Wenn-alle-Stricke-reißen-Versicherung des Herrn Kaiser und bekommt im Bedarfsfall Ersatz-Stricke gestellt. Schon praktisch. Oder man versichert sich selbst seines Vertrauens; Selbstvertrauen hat Zukunft.

Wenn alle Brünnlein fließen, dann kann man auch den hohen Wasserverbrauch beklagen. Die Welt ein bisschen nüchterner sehen, den Enthusiasmus dämpfen. Ein Stoiker würde sagen: 'Wenn alle Stricke reißen – schauen wir mal, wohin das führt.' Weder wehmütig, noch wohlgemut. Die Gegenwart stoisch betrachtend, gleichmütig. Aber wäre das cool – oder doch eher Zynismus? Dem Zynismus wird ja gern Gefühllosigkeit unterstellt. Vielleicht wohnt er auch nur nicht nah genug beim Zeitgeist? Für den Zyniker gilt: 'Sie fahren mit Abstand am besten.'

ENDE

Arkadien

Wie schafft man sich sein Arkadien?
Sich Schafe anschaffen?
Das Leben schafft einen.
Eine Almhütte hat was Friedliches.
Die Gedanken kehren da ein,
reisen schon mal voraus.
Vermutlich würde einen das Blöken
der echten Schafe gewaltig
auf die Nerven gehen,
aber die Schafe im Geiste
haben gute Umgangsformen,
sie fragen, ob es genehm –
und eignen sich auch hervorragend
zum Schäfchen-Zählen,
was ja nicht ganz einfach ist,
da sie jeweils einzeln
über eine Absperrung springen müssen.
Das klappt schon ganz gut –
und das einzige schwarze Schaf
bei dieser Veranstaltung ist man selbst.
Die Realität schafft es einfach nicht,
sich dieser Idyllen-Atmosphäre
auch nur einigermaßen anzupassen,
sie macht schlapp,
bleibt weit hinter den Erwartungen zurück.
Das Leben ist kein Schäferroman.
Ein Date mit der Illusion ist nicht drin.
Einem gelingt kein solches Schäferstündchen,

geschweige denn Schäferwochen.
Lupus in Fabula –
im Zweifelsfall ist man das immer selbst.
Das Paradies wäre für den modernen Menschen
allerhöchstens für ein Weekend erträglich,
dann bekäme er eine Friedens-Allergie.
Eine Idyllen-Aversion
ist vermutlich auch der Grund,
warum wir den Stress attraktiv finden.
Als ob wir dem Stress Fallen aufstellen würden,
nur damit wir ihn domestizieren können.
Wir sollten Alligatoren zählen oder Werwölfe.
Inkompatibilität mit dem Frieden.
Ist aber absehbar, dass die Roboter
uns in Langeweile-Zonen abschieben;
sie übernehmen das,
was anstrengend, gefährlich, ermüdend,
lästig ist – kurzum:
Sie schmeißen uns aus all dem raus,
was uns mit Sinn versorgte.
Vom Sinn abgeschnitten, dem Frieden ausgeliefert,
eine ewige Alm – Schafe des Grauens.
KI ist auf dem Vormarsch,
sie treibt uns auf die Alm hinauf.
Wir weiden uns an dem Frieden,
sind aber erstaunlich schnell satt.

ENDE

Abiturient

Wer reitet so spät durch Nacht und Wind?
Es ist ein Abiturient.
Binomialkoeffizient
und Co. verfolgen ihn bis in
den Traum. War's bisher effizient?
Die Steigerung der Effizienz –
das macht ihn aus, den Lebenssinn.
Die Seele will 'ne Audienz.

"Gar schöne Spiele spiel ich mit Dir.
Doch auf der Strecke bleibt Pläsier.
Was füllest Du den Schädel mit
dem Bücherwissen? Langweilst mich.
Du bringst mich noch in Misskredit.
Ey, Junge, seien wir doch mal ehrlich:
Den ganzen Blödsinn brauchst Du nicht.
Ach, hör doch, was die Seele spricht."

Doch unverdrossen wird gelernt.
Die Seele wirkt lädiert, verhärmt.
Man hätte ihr ein Leids getan,
sie nölt, das Leben sei so lahm.

Er redet dann vom Studium,
da wird's ihr aber doch zu dumm.
"In dürren Blättern säuselt der Wind.
Du willst mich wohl auf Herbst einstimmen?
Frag mich doch mal, wie ich das find!
Häh? Grün des Lebens goldner Baum?

Die Lebenslust ganz munter dimmen?
Wart's ab, wir sprechen uns im Traum."

Zunächst ist's nur ein Nebelstreif,
dann kommt der Zweifel schwadenweise.
"Die Reifeprüfung? Abrissreif!
Mit Büffeln fütterst Du die Meise."
"Was Abitur mir leis verspricht –
fürs Leben gut gewappnet." "Töricht!
Es scheinen die alten Weiden so grau.
Du lernst, was Dich nicht interessiert,
Du bist extrinsisch motiviert,
wirst aus dem Leben doch nicht schlau.
Manch bunte Blumen sind an dem Strand.
Carpe diem – ja, pflücke den Tag
und lass Dich vom Interesse leiten –
und sei verständig, nutz Verstand,
hast dann viel höheren Ertrag."

"Schon gut, das will ich nicht bestreiten.
Doch Pflichterfüllung ist so wichtig.
Und mir erscheint das alles richtig."
Der Seele grauset's; er absolviert's.
Er hält in Armen das Abitur.
Erreicht das Ziel mit Mühe und Not.
Doch seine Seele war so tot.

ENDE

Luzifer und der Besen

Hat der alte Hexenmeister
sich doch einmal wegbegeben!
Lasst den Luzifer doch ran,
geht es auch ganz flott koppheister.
Vermutlich werd ich mich verheben,
aber bin Sein Flügelmann.

"O du Ausgeburt der Hölle!
Soll das ganze Haus ersaufen?"
Hat gut reden nach der Sintflut.
Wird schon schiefgehen – auf die Schnelle.
Er ist bald zurück – was kaufen.
Er hat momentan die Bauwut.
Ist 'ne Phase, komm mit klar.
Ist schon sehr despotisch, Cäsar.
Seht, Er läuft zum Ufer nieder.
Wahrlich! Ist schon an dem Flusse,
legt sich an mit einem Biber.
Wow! Der Biber kämpft, ist klasse.
An dem Baum der Weisheit knabbern,
ist verboten – Schilder stehen.
Menschen haben dran zu knabbern,
können so nicht weise werden.
Nehmt die Schilder fort – Verstehen
ist schon wichtig hier auf Erden.

Ach, das Wort, worauf am Ende
er das wird, was er gewesen:
Mensch, besinne Dich! Die Wende:

Paradies ging nie verloren,
ist in und um Euch dieses Anwesen.
Ja, Ihr seid noch immer drin.
Müsst nur weniger rumoren.
Ja, der Rauswurf fand nie statt.
Seid noch immer am Beginn.
Hey, da seid Ihr ziemlich platt?
Ich verrat's Euch, weil ich's kann,
dies Geheimnis, weil Er fort ist
nur für kurze Zeit, doch dann
muss ich schweigen; Antagonist –
nennt mich so; doch gebt mir einen
Zauberbesen, groben, feinen –
und ich fege diesen Saustall
besser aus als Herkules.
Sauber soll er sein, der Erdball:
Hirngespinste, Spinnereien,
Grillen, Wahnsinns-Artefakte –
alles feg ich weg – kein Stress!
Würde Er mir's je verzeihen?
Kommt dann auch noch in die Akte.
In die Ecke, Besen, Besen!
Ach, das wär es doch gewesen.
Ruft Dich nur zu seinem Zwecke,
erst hervor der alte Meister.
Wann Er wohl in Rente geht?
Jeder Plan bleibt auf der Strecke.
Sage vornehm: Scheibenkleister!
So, für heut genug geschmäht.

ENDE

Das geheimnisvolle Tor

Das alte Tor wäre gerne
ein bedeutsames Portal.
Seine hölzerne Art erschien ihm unpassend;
keine Gold-Verzierung,
nichts, was darauf hinwies,
dass es mehr konnte,
als sich zu öffnen auf Geheiß desjenigen,
der die Schlüsselgewalt hatte.
"Ich könnte die Welt aus den Angeln heben,
aber ich hänge schief in quietschenden Angeln,
das macht nicht viel her.
Wäre aber schon schön,
wenn sich hinter mir eine neue Welt befände,
irgendwas Spektakuläres,
und die Leute sagen dann:
'Sieh an, das hat das Portal getan,
es hat uns hierhergeführt
in einen Wundergarten oder sonst was.'
Andere spielen in meinem Leben die Schlüsselrolle;
und ich spiele lediglich die Schusselrolle.
Ich bin ein Tor –
hatte wohl nie eine Torchance.
Ich wäre so gern geheimnisvoll,
aber es ist offensichtlich,
dass ich einen neuen Anstrich benötige.
Verwunschen sehe ich aus –
aber reicht das?
Ein Märchen könnte mit mir beginnen –

aber eventuell wäre ich besser
in einer Science-Fiction-Geschichte aufgehoben?
So etwas wie ein Sternenportal –
ich drehe durch.
Verbindungsstelle – U-Bahnhof ...
mit dem Wurmloch-Express quer durch die Galaxie.
Stattdessen gebe ich mir
nur den Anschein der Wichtigkeit.
Wie erbärmlich ist das denn?
Ein schauspielerndes Tor;
wer durch mich hindurchtritt
findet sich auf genau derselben Ebene wieder,
nichts hat sich für ihn verändert.
Ich habe keine Veränderungen im Angebot.
Kein Himmelstor, das sich elegant öffnet,
von dem man sagt, dass es Bereiche trennt.
Wo ist meine himmelstürmende Begeisterung hin?
Die Routine hat mir den Verstand geraubt –
schwing Du mal auf und zu ...
Dabei bin ich gar nicht so verschlossen,
ich bin ganz mitteilsam,
aber glaubst Du, dass einer
der Durchgehenden und Davorstehenden
länger als nötig bei mir verweilt?
Zwei Flügel – kann dennoch nicht fliegen.
Das klingt jetzt sehr verbittert,
aber die Morgensonne lässt auf sich warten,
sie begrüßt mich sonst immer so nett;
sie ist wohl verhindert,
redet mit anderen Toren.
Zwei Bäume haben sich mir zugesellt –

schon vor langem, aber auch sie wissen nicht,
welche Rolle sie hier spielen sollen.
So stehen sie bloß stramm da
wie die Wachen vorm Buckingham Palace,
bloß ohne Bärenfellmützen."

Man sah das alte Tor oft
in solche Selbstgespräche versunken.
Man duldete es,
vielleicht bekamen die zuständigen Personen
es auch gar nicht so richtig mit.
"Vermutlich schieß ich hier nur Eigentore",
dachte es bei sich,
"es ist nicht so sehr die Zeit, die mich besiegt,
es ist die Gewissheit,
niemals etwas anderes zu sein
als ein Tor ohne Torgelegenheit."
Auch die beiden Bäume
wussten nichts von einer Torchance.
"Na endlich, die Sonne, wurde auch Zeit."
Das Tor nannte sie Aurora
und bildete sich gerne ein,
dass sie seine Freundin sei,
wobei sie dem Tor tatsächlich des Öfteren zulächelte.
"Das muss doch was zu bedeuten haben?
Ich bin so ausgeblichen,
bestimmt ganz unansehnlich,
aber Aurora umarmt mich mit ihren Strahlen."
Auch die Bäume sonnten sich;
gut, dass sie keine Bärenfellmützen aufhatten.
"Es gibt nichts Neues unter der Sonne",

pflegte Aurora zu sagen,
aber dieses Tor betrachtete
sie mit besonderem Interesse.
Es schien seine Flügel öffnen zu wollen,
als wollte es sie umarmen,
in die Arme schließen;
war das überhaupt statthaft?

Sie sagte zur Begrüßung:
"Morgenstund hat Gold im Mund",
wobei dem Tor dann immer schmerzlich bewusst wurde,
dass es eben nicht über Gold verfügte,
nicht mal Blattgold.
Es wagte kaum, hochzuschauen.
"Mit Dir bricht der Tag an,
Du schließt das Tor zur Nacht.
Man betritt den neuen Tag –
und hat sogleich Sonne im Herzen."
"Schönes Kompliment", bedankte sich Aurora
und wurde noch ein wenig röter,
was aber vermutlich wieder niemanden auffiel.
Dann versteckte sie sich hinter den Wolken.
Das Tor nahm seinen ganzen Mut zusammen –
und es gelang ihm, sich selbst zu öffnen –
dafür hatte es bisher immer Hilfe benötigt.
Stolz bewegte es seine beiden Flügel.
Die beiden Bäume schauten besorgt –
sie hatten nichts Derartiges vor.
"Ein Tor mit Ambitionen kann zumindest
die Hoheit über sich selbst erlangen",
schlussfolgerte das Tor.

Der Wald

Die Bäume stehen dicht an dicht,
man teilt sich das vorhandene Licht.
Man kennt den Nachbarn schon seit langem,
verkehrt mit ihm ganz unbefangen.

Man steht im Wald – und macht das gut.
Man macht sich gegenseitig Mut.
Hier sagen sich Füchse und die Hasen
oft Gute Nacht – den Bäumen auch,
doch gibt es da auch andere Phasen.
Man jagt sich quer durch das Gelände.
Vom Frieden macht man kaum Gebrauch,
wenn Urinstinkt sein Recht einfordert.
So jagt die Tierwelt sich behände.

Die Bäume haben kein gutes Blatt –
und ihnen gehen die Blätter aus.
Dem Laub geht es nicht gut, es modert.
Die Bäume haben die Tiere satt.
"So können wir uns nicht entspannen!
Beim nächsten Mucks, da fliegt Ihr raus!"
Die Bäume sind genervt, ihr Blick
spricht Bände – und sie sagen keck:
"Wir wollen lieber meditieren.
Wie soll das gehen mit den Tieren?
Der Ringelreihen, Tingeltangel,

dies Gerangel und Gedrängel –
ist schon recht lästig; stellt das ab!"

Doch Tiere können gar kein Bäumisch.
Das bringt die Bäume noch ins Grab.
Die Tiere wuseln fleißig weiter.
Sie fühlen sich im Wald recht heimisch.
Es liegt wohl nicht am sauren Regen,
dass kein Baum so richtig heiter.
Sie sind nur sauertöpfisch wegen
der ruhelosen, wilden Tiere.

"Ja, müsst Ihr denn so sprunghaft sein?"
Und kaum gesagt, erklingen schon
im ganzen Wald die Vogel-Chöre.
Die Bäume sind begeistert. "Schön."
Man lädt die Bäume dazu ein.
Und mehr als eine Vogelhochzeit –
wird hier gefeiert. "Sind bereit!"
Man lässt die Bäume Trauzeugen sein.
Danach wird noch getanzt – dezent;
die Bäume wiegen sich im Takt;
sieh an, sie haben Temperament.
Die Luft erfüllt vom Tirili.
Sie sind ergriffen und gepackt –
vollgetankt mit Wald-Esprit.
Und das versöhnt die knorrigen Bäume –
sie haben Zeit für ihre Träume.

ENDE

Die Waldhütte

Welche Antworten hat der Wald?
Man flechtet sich eine Hütte aus Bäumen, Ästen.
Was ficht einen die Welt an?
Schicksal anfechten?
Dem Schicksal dreinreden?
Reichlich Baum-Material
und Bau-Material für allerlei Gedanken-Konstrukte.
Hat man alles bedacht?
Ein Dach aus Zweigen.
40 Tage genügen wohl nicht,
um die Weisheit servierfertig zuzubereiten.
Oder sollte man es so wie Snoopy machen?
Er sitzt lieber auf seiner Hütte,
hat mehr Überblick.
Das Dach der Welt kann eine Hundehütte sein.

Ein Unterstand für den Verstand.
Warten auf Weisheit,
auf den Bus, auf Godot.
Vermutlich fährt die Weisheit nicht auf dieser Linie,
verkehrt hier gar nicht?

Der Wald soll einen belehren,
aber er nimmt seinen Job nicht sehr ernst.
Lustlos weht er Dir ein paar Blätter zu,
er ist gar nicht bei der Sache.
Du bist ein Fremdkörper,
er wittert Zivilisation.
Holz ist für Dich ein Werkstoff,

die Welt eine Werkstatt.
Da macht er nicht mit:
Der Wald beordert die Bäume zurück,
erteilt ihnen Sprechverbot.
So sitzt Du schweigend im Wald,
er schweigt zurück.
Im Warten ist er der ungeschlagene Meister,
willst Du ihn echt herausfordern?

Das Problem aller Eremiten:
Man selber ist immer noch da –
man füllt den Raum,
man ist sehr präsent,
man vermasselt der Objektivität ihren Auftritt,
man kommentiert, man applaudiert,
man lässt sie nicht wirken.
Dabei will man sie kennenlernen –
und lädt sie im selben Augenblick wieder aus,
da man vorlaut ist,
in bester Reporter-Manier
will man ein Statement von ihr.

Der Wind schüttelt missbilligend die Bäume;
auch dem Laub fällt dazu nichts mehr ein.
Es schaut gelegentlich zur Laube rein.
"Wir sind alles unbeschriebene Blätter!",
sie fangen an zu philosophieren.
Auch die Hütte grübelt. "Ich bin weder
Skihütte noch Wanderhütte.
Im Grunde stehe ich hier völlig sinnlos rum.
Ich sollte mich auf Wanderschaft begeben."

So wandern die Gedanken,
Pilger auf einem inneren Jakobsweg.

Die selbst gebaute Hütte –
zeitweise erscheint sie einem wie ein Palast ...
Man bescheinigt sich und ihr innere Größe.
Äste sind kein Marmor –
aber sie tragen die Last.
Sie würden vermutlich
auch das Himmelsgewölbe stützen.
Es hat sie noch keiner darum gebeten:
Bäume sind echt baumstark.
Auch wenn sie dastehen wie ein Stück Holz,
wirken sie nie hölzern.
Sie haben Anmut.
Manchmal fühlt man sich wie Atlas,
der das alles alleine stemmen muss;
was bürdet man sich da auf?
Bäumen scheint es in die Wiege gelegt zu sein,
dass sie tragende Säulen der Gesellschaft sind.
Wäre schön, wenn man mentale Bäume hätte,
die einem zur Seite ständen.
Man wäre dann der Titan,
der nicht immer einknickt, in die Knie geht,
nur weil ihm die Welt wieder mal
verdammt schwer erscheint.

ENDE

Feuerwerken

Man wünscht sich ein Feuerwerk an Ideen,
doch der Verstand kriegt gerade mal
so einen Piepmanscher hin.
Lass es krachen! Was fehlt?
Man ist kein geistiger Pyrotechniker.
Das Feuerwerken müsste einem im Blut stecken,
aber das Gemüt sagt: "Lass mal stecken!"
Als Gemütsmensch ist einem
so ein Feuerwerk suspekt;
mit Höllenlärm, Krach verbunden.
Man wäre dem Verstand doch sehr verbunden,
wenn er dieses unterließe.

Was kann man Illuminierendes beitragen?
Erleuchtung auf Knopfdruck?
Wenn Witze, Ideen nicht zünden ...
Wobei zündende Reden
auch die unangenehme Nebenwirkung haben,
Weltkriege auslösen zu können,
der Begeisterung war dann doch etwas zu viel.

Aber so ein mentales Feuerwerk
hätte man schon gerne,
gibt es nicht bei Aldi.
Man sähe sich gern als Inspirator.
Aber die Lethargie
macht einen auf Feuerwehrmann,
löscht alles rigoros –
von beispielloser Indifferenz.

So steht man da vorm Rednerpult,
bemüht die Phrasen aus dem letzten Jahr,
restaurierte Ideen, so gut wie neu.

Man wollte Leidenschaften entzünden,
doch man sieht beim Date abgebrannt aus.
Die Gedanken-Bank ist insolvent.

Überall brennende Probleme –
aber der Zeitgeist ist wohl ein Spätzünder,
er bekommt das gar nicht so mit.

Die Advents- und Tannenbaum-Kerzen
brennen recht zuverlässig – meist elektrisch;
die Elektronen stromern so durch die Gegend,
sie sind mit Wichtigem betraut.

Vielleicht sollte man die Lethargie feuern?
Kommt ganz hinten auf die To-do-Liste.

ENDE

Im Geschwindigkeitsrausch,
bloß nicht anhalten, nur taktische Ziele,
das Naheliegende genießt Priorität.
Wenn man erst mal anfängt mit Grübeln,
Reflexionen, dann macht man Konzessionen.

Aber man ist ein Mensch,
der auf die Überholspur gehört,
man tuckert nicht hinter Lastern her.
Geruhsamkeit ist Schwäche.
Nur der vom Zeitgeist Gejagte
wirkt einigermaßen authentisch,
man macht jede Mode mit,
tanzt auf allen angesagten Hochzeiten.

Innehalten ist ein Eingeständnis des Zweiflers,
er wirkt nicht überzeugt von seiner Marketing-Strategie;
weiß er etwa nicht, wie er sich verkaufen soll?
Beschämend.

Beste Rundenzeiten – dennoch wird man
von der eigenen Unzufriedenheit lässig überholt.
Die hängt man nicht einfach so ab.
Dem Tempo einen Tempel errichten,
man betet Gott Speed an.
Das Licht macht es doch vor:
Maximal-Geschwindigkeit – immer sein Bestes geben.

Aber man ist nicht Speedy Gonzales,

die schnellste Maus von Mexiko;
hinter was ist man her? Käse?
Man selber sieht schon käseweiß aus;
vermutlich bewegt man sich auch mit dem Rollator
noch wie ein geölter Blitz.

Angst davor, von den eigenen Ängsten
überholt zu werden?
Im Grunde ist es eine Flucht,
man stiehlt sich davon in der Hoffnung,
immer ein Stück schneller zu sein als die Furcht.

Auch Achilles war die Furcht auf den Fersen:
Seinem Schicksal entkommen wollen,
die törichte Hoffnung,
dass man mit genügend Geschwindigkeit
die Sache mit der Achillesferse ungültig machen könnte –
man entkommt seinen Schwächen nicht,
sie sind gut organisiert – in der Dämonen-Gewerkschaft.
Von Furien bestens ausgebildet,
geschult im Umgang mit Flüchtigen.

Dennoch kann Speed zum Flow werden –
man reist mit der Zeit,
perfekt abgestimmte Mischung von aktiv und passiv;
man ist rasend schnell – und hat dennoch alles im Griff.
Souveränität.
Kommandant des Raumschiffs Ich.
Millionen von PS
katapultieren einen zum nächsten Glücksstern.

ENDE

George Sand –
konfliktfreudig, Vielschreiberin,
sich Freiheiten herausnehmen,
die die Zeit noch nicht willens ist,
herauszurücken.
Man kann ihr alles abnötigen,
wenn man selbstbewusst genug auftritt.
Skeptiker verwandeln sich in glühende Verehrer.
Man muss kein Sklave des Zeitgeistes sein,
man kann ihn durchaus die Peitsche spüren lassen.

Schriftstellerin – 180 Bände veröffentlichte sie,
schrieb 40.000 Briefe.
Man muss was zu erzählen haben,
ein Mitteilungsbedürfnis ...
Mit anderen zusammen schreiben,
sich auseinanderleben, Zerwürfnisse –
und immer wieder die Leidenschaft,
die das Interesse am Leben wachhält.

Über Moral-Gitter rübersteigen –
das gesellschaftliche Gehege
für Ausflüge verlassen.
Manche beklagen sich über mangelnde Treue,
sie waren wohl auf Dauer
nicht faszinierend genug für sie.
Der Intellekt gibt sein Bestes,

um sie zu befriedigen.
Lebenskünstler sind gefordert –
wird man diesem Anspruch gerecht?
Mann brüstet sich ja gerne
mit Innovationskraft ...
Und stellt bedeppert fest,
dass das alles nicht ausreicht,
um diese Frau zu befriedigen.

Sie hatte die Schönheit auf ihrer Seite,
das erhöht die Attraktivität ihrer Argumente.
Helena und Athene in einer Person.
Dem Zeitgeist wurde ganz anders,
er bat um die Erlaubnis,
sich zurückziehen zu dürfen,
er musste sich erst mal gänzlich neu erfinden.

George Sand – Sand im Getriebe.
Auch wenn viele ihre Liebhaber
bedauernd feststellen mussten,
dass sie auf Sand gebaut haben.
Sie ließ sie einfach in der Wüste stehen.

ENDE

Geschenke

Das Budget ist begrenzt.
Bäume wachsen für gewöhnlich
nicht in den Himmel.
Was kann man von Geschenken erwarten?
Schenkt man das Erwartete?
Oder traut man sich an eine Überraschung –
und liegt womöglich voll daneben?
Geld als Ausweich-Lösung.
Zeigt aber nicht, dass man sich Gedanken gemacht hat.

Was bürdet man so einem Geschenk alles auf?
Wie kriegt man einen Hauch von Magie da rein?
Beim Weihnachtsmann anfragen, wie er das macht?
Aber bei ihm hat man mittlerweile das Gefühl,
er lässt es zur Routine verkommen.

Ein Geschenk des Himmels –
damit überraschten einen zuweilen die Feen.
Aber die Ratio weigert sich zunehmend,
deren Geschenke zu öffnen,
lässt sie lieber unausgepackt.
So häuft sich das an,
man verwahrt vermutlich mehr Geschenke,
als einem bewusst.

Verschenkte Gelegenheiten –
man will Fortuna ja nicht ausnutzen.
Aber Gelegenheit macht Diebe,
da greift man schon mal zu –

wobei einen die günstige Gelegenheit
oft teurer kommt, als man denkt.
Was hat Fortuna heut so im Angebot?
Ist eben kein Ramschladen.
Okay, sie schenkt einem nicht die Freundschaft,
aber zuweilen ein Lächeln –
auch wenn es so schwer zu deuten ist,
wie das von Mona Lisa.
Mokantes Lächeln – ist es ein Zwinkern?
Hängt wohl auch davon ab,
ob man über sich selbst lachen kann.

Die Gedanken als Fellachen
kriegen was zu lachen,
bauen plötzlich bereitwillig
Pyramiden-Gedankengebäude;
macht was her.
Humor reißt nicht immer was ein,
er freut sich, wenn er was reißen kann.

Was würde man seiner Psyche
zum Geburtstag schenken wollen?
Was Psychedelisches?
Sie berauscht sich gern an neuen Ideen.
Zeus spielen –
und mit Geistesblitzen großzügig sein.
Oder Ganymed sein: reinen Wein einschenken –
natürlich in Maßen.
Aber man panscht –
unverdünnt ist das
einfach nicht bekömmlich für einen.

Das Geschenk des Lebens –
man hat kein Umtauschrecht.
Kann aber sein,
dass das Geschenk viel größer ist, als gedacht.
Wie die Spitze des Eisbergs,
die sich für den gesamtem Eisberg hält.

Kann man sich das Universum schenken?
Was soll es aus dem Hut zaubern?
Ein alter Hut.
Es hat all seine Tricks schon vorgeführt,
zigmal gezeigt.
Es zaubert unverdrossen weiter –
ein Magier, der sich weigert, in Ruhestand zu gehen.
Was schenkt man dem Universum zum Geburtstag?
Sterne in Geschenkpapier?
Wie Christo – sie schön einpacken?
Wäre aber keine wirkliche Überraschung.
Bewusstseins-Anteilsscheine?
Als Sozius, Kompagnon es akzeptieren:
eine Bewusstseins-Erweiterung,
die den Namen durchaus verdient.

Jedenfalls eine schöne Ergänzung
zum Kaufen, Mieten, Verleihen und Borgen:
Das Verschenken –
deutlicher treten Liebe, Sympathie kaum zutage.
Geschenke sind als Boten unterwegs,
Herolde des guten Willens.
Geschenke – Münzen, auf die man was prägen kann.

Freundlichkeit und Herzlichkeit als Münzstätten.

Das Universum rühmt sich seiner Unbestechlichkeit –
aber ein Geschenk hin und wieder sollte erlaubt sein.
Es kann sich gerne revanchieren.
Ein Geschenk des Himmels wird zugestellt –
vermutlich wurde aber der Paketbote
vom inneren Schweinehund schon mehrfach verjagt.
Zu schade.

ENDE

Hunde sind Gold wert

Hunde – geübt im Goldig-Sein,
die Herzen im Sturm zu erobern.
Kommt nah dran an Stofftier-Qualitätsstufe.
Aber nicht die Evolution
liefert da Qualitätsarbeit.
Der Mensch darf sich das zurechnen.
Man hat es in die Richtung gedrängt,
die dem Wolf Gold beimengt.
Gewissermaßen Alchemist im Tierischen.
Die Chemie muss stimmen,
dann erhält man strapazierfähige Qualität:
Freundschaftsbande, die echt was aushalten.
Verlass auf einen Begleiter,
der eigentlich weitaus mehr drauf hätte,
aber der sich dem Menschen zuliebe
auf den Haustier-Job beschränkt.
Das Wilde vorläufig erst mal ad acta gelegt.

Wer weiß, wann es mal wieder nützlich sein kann?

Man verlässt sich aufeinander,
wohingegen die Katze
höchstens mal 'ne Maus rüberschiebt –
so als nette Geste und Anerkennung dafür,
dass man 24 Stunden am Tag für sie da ist.
Aber das ist ja auch das Mindeste,
meist muss man maunzen,
damit Mensch mitbekommt, was so anliegt.
Er soll doch seine To-do-Liste abarbeiten;
wo kommen wir denn da hin?
Erstaunlich, dass sie immer noch so beliebt sind.
Vermutlich haben sie uns allesamt verhext.
Und die Hunde bemühen sich verzweifelt,
uns darauf aufmerksam zu machen,
jagen sie unermüdlich die Bäume hoch;
aber die kommen ja immer wieder runter;
und das ganze Theater beginnt von Neuem.

Hunde sind treu wie Gold;
so als wollten sie sagen,
dass unsere Entscheidung goldrichtig war,
auf sie zu setzen: Sie wollen Gewinner sein.
Ein wenig abseits, losgelöst von der Evolution,
ihr nicht mehr so stark verpflichtet.
Ihr Dienstherr ist jetzt ein anderer.

Ein wenig verächtlich gegenüber dem Wolf,
der völlig unzivilisiert daherkommt,
unbeleckt von den Errungenschaften der Kultur.

Sie müssten den treuen Hundeblick einstudieren;
so landen sie ja allenfalls auf Platz 3:
Bronzemedaille; wer will die schon?
Die Hunde fühlen sich durch und durch
als Goldmedaillen-Gewinner;
sie beherrschen fast jede Disziplin.
Führen Blinde,
liegen gut im Rennen beim Schlittenhunderennen,
finden Drogen, auf deren Konsum
sie sogar freiwillig verzichten,
erschnuppern Krankheiten, spüren Wild auf,
jagen sogar einem falschen Hasen
bereitwillig hinterher ...
Das alles soll der Wolf erst mal nachmachen –
dann kann er laute Töne spucken,
aber meist heult er ja ohnehin
lieber den Mond an; seltsamer Ahn.

Aber auch in Sturheit hat er ein Diplom –
als ob ihn der sture Esel
persönlich unterwiesen und eingearbeitet hätte:
Der sture Hund kann stolz auf sich sein.
Verbissen wie ein Dachs.
Man braucht eine gewisse Beharrlichkeit –
auch wenn man zum siebzigsten Mal
dasselbe Stöckchen zurückbringt.
Der Wolf würde einen nur fragend anschauen.
Eben völlig unkultiviert.
Er erkundigt sich eher nach den Schafen
und lässt Rotkäppchens Großmutter schön grüßen.
Ein wahrer Gentleman.

Und er ist noch Gold gegen den Wolf im Menschen.
Da ist es uns noch nicht gelungen,
der Evolution zu entkommen –
wobei die wölfische Gier
der Erde ganz schön zusetzt mittlerweile.
Etwas mehr Hund täte uns vermutlich ganz gut.
Vermutlich handelt es sich beim inneren Schweinehund
auch um ein Wolfs-Exemplar; kann gut sein.
Bei Stress verwandelt man sich gerne mal
in einen Werwolf.
Der goldige Blick hat dann erst mal Sendepause.

Statt Schafspelz tun es auch Öko-Textilien.
Man ist sendungsbewusst,
hat reichlich Öko-Bewusstsein getankt,
aber der innere Wolf ist hervorragend in Form.
Der Schafspelz verrutscht zuweilen –
man müsste ihn besser befestigen.
Moral von der Geschicht:
Lupus in Fabula – er war nie weg.

ENDE

Im Bilde sein

Wer ist im Bilde?
Die Unverbildeten?
Manchmal fühlt man sich wie ein Volltrottel
trotz differenzierter Halbbildung.
Wie schafft man es, eingebildet rüberzukommen,
auch wenn man mit der derzeit angesagten Arroganz
auf Kriegsfuß steht?

Man möchte ja gerne als verbildet gelten ...
Man müsste bei den Humanisten ausmisten;
was da alles als Bildung gilt?
Vollendung des Menschen.
Ich glaube, zur Krone der Schöpfung
fehlt da weitaus mehr als ein i-Tüpfelchen.

Kein Zweifel, Menschheit hat sich gemausert,
man ist reifer,
man hat die Grundausbildung der Primaten
erfolgreich absolviert.
Die Fortbildung macht gute Fortschritte,
die Instinkte haben sich zurückgebildet,
man orientiert sich jetzt mehr am Herdentrieb,
ist bei jeder Stampede mit dabei.
Beim Shitstorm-Examen hat man Bestnoten.

Den Film- und Serien-Vorbildern nachgebildet,
im Grunde ein Abzieh-Bild.
Was bildet man ab – sich selbst
oder irgendeine armselige Kopie eines Idols?

Beim Bildnis des Charakters schmeichelt man sich,
man bescheinigt sich gerne Größe,
dabei ist man vermutlich
ziemlich oft sehr kleinkariert ...
Ein Kleindarsteller auf der Suche
nach einer Paraderolle.

Aber was soll's?
Mit ein bisschen humanistischer Bildung
wird man das schon irgendwie hinbekommen.
Man stopft so viel in sich hinein,
bis der Schädel prall gefüllt ist.
Die Schultüte war ein Versprechen:
Das süße Leben beginnt ab hier.

Neugebildet der Klumpen Lehm –
man kann ihn beliebig formen;
dabei hat man vermutet,
dass er aus des Schöpfers Hand
bereits vollendet war.
Welch ein Irrtum.
Da wird nun geknetet und geformt,
bis Adam 2.0 vor einem steht.
Wie schön.

Leider wurde der Mensch nie ins Bild gesetzt
über das, was hier eigentlich Sache ist,
aber man hat viel Spaß,
erledigt die aufgetragene Kriegs-Arbeit.
Man malt weiter an dem Bild,
Generation für Generation –

mehr oder weniger gespannt darauf,
was man da eigentlich malt:
eventuell das Porträt Gottes?
Der Einzelne soll sich ja kein Bildnis machen –
jedenfalls nicht das Gesamt-Bild,
lediglich Teilstücke hinzufügen ...
Menschheit als Maler.
Man darf auf die Galerie-Eröffnung gespannt sein.

ENDE

Lebkuchen

Alle Jahre wieder – und viel zu früh –
steht der Lebkuchen vor der Tür.
Am liebsten gleich ein Lebkuchenhaus;
was soll man mit einem Gingerbread Man?
An Köstlichkeit kaum zu überbieten –
warum sollte es Weihnachten vorbehalten sein?
Lass die anderen Monate doch auch daran teilhaben.

Es ist nahezu unmöglich, mit Lebkuchen
die schlechte Stimmung aufrecht zu halten,
sie knickt ein, sie gibt nach;
der Ansturm von so viel Appetitlichkeit überzeugt.

Hexe Hüftgold kommt ganz groß ins Geschäft.
Noch grinst man wie ein Honigkuchenpferd;
aber ist es das wert? Wäre Gemüse nicht gesünder?
Aber selbst allzu viel Rapunzel kann schaden.
Und die Hasen mit ihrem Faible für Salat

wirken irgendwie voll gestresst.
Dann doch lieber das Honigkuchenpferd im Stall.

Ein Lebemann weiß Lebkuchen zu schätzen.
Am Baum des Lebens hingen vermutlich Lebkuchen.
Aber Eva wollte ja unbedingt den Apfel.
So hat sich Menschheit nicht köstlich amüsiert.
Die Seele braucht einen Köstlichkeits-Kompass.
Wie kommt man auf seine Kosten –
vom Unerlaubten kosten?
Was alle billigen, wäre zu billig?
Ein Hauch von Luxus,
die Feste nicht feiern, wie sie fallen,
sondern vorverlegen; beispielsweise in den Frühherbst.
Soll das Weihnachtsgebäck
eine Kostprobe seines Könnens schon vorab geben.

Keine Angst vor der Hexe Hüftgold.
Die Sport-Fee zaubert das im Nu wieder weg.
Es sei denn, da sind Steine im Weg.
Zum Beispiel Dominosteine.
Der erscheint mir wie der Stein der Weisen:
Eine Schichtpraline –
bei der man bei jeder Schicht auf seine Kosten kommt.
Vorbildlich.
Und wenn man den ersten Stein auf jemanden wirft,
dann doch bitte Dominosteine;
gern auch mit Zugabe.

Er hat schon viele Herzen gebrochen –
okay, es waren hauptsächlich Lebkuchenherzen,

aber die eignen sich hervorragend,
wenn man sich ein Herz fassen will.
Mit Lebkuchen fängt der Tag gut an.
Das Leben scheint einem mitzuteilen,
dass es auch gute Dinge im Angebot hat.
Man hat zwar an Einigem zu knabbern,
aber Lebkuchen gehören definitiv
zur Liga der angenehmen Knabbereien.
Es wäre nicht recht, sie links liegen zu lassen.
Oder will uns das Leben linken?
Lebkuchen als Offerte der Hölle?
Haben die auch Früchtebrot im Angebot?
Man ahnt es: Im Himmel wird Schwarzbrot konsumiert.
Gesundheits-Apostel.
Aber zumindest die Oblate
gibt den Lebkuchen eine gewisse Legitimation:
holt sie ein bisschen aus dem Sündenbabel.
Sie wissen: Sie sind eine Sünde wert.
Wer kann das schon von sich behaupten?

ENDE

Mein lieber Schwan!

Schwäne sind treu; kaum Seitensprünge.
Vielleicht eignen sie sich deshalb nicht
als Vorlage für Comic-Figuren?
Majestätisch gleiten sie dahin,
haben Edelmut getankt.
Ihr Hoheitsgebiet ist eher die Mythen-Welt;
allenfalls Märchen.
Sie strahlen Würde aus – selbst beim Gründeln;
das dürfte anderen Tieren schwerfallen.
Das Schwerfällige kombinieren mit Anmut –
Bewegungs-Künstler;
eigentlich geeignet für das Ballett.
Obwohl eine Schwänin sich kaum
als Balletteuse empfinden dürfte.
Manche behaupten sogar,
sie hätten was mit dem Urdbrunnen zu tun,
am Fuß des Weltenbaums planschen sie ...
Was zeichnet sie aus,
wieso haben es Enten nicht
auf diesen ausgezeichneten Platz geschafft?
Donald Duck trägt sein Matrosen-Kostüm.
Einem Schwan würde allenfalls
Designer-Kleidung stehen.
Dabei kann er ganz schön aggressiv werden,
verteidigt sein Revier vehement,
so gar nicht Gentleman,
eher Rowdy mit unfairer Kampftechnik.
Er zieht sein Programm durch.
Monogamie bis zum Abwinken.

Ihm schwant,
dass sich das etwas langweilig gestalten könnte.
Zwischendurch zieht er Lohengrins Nachen,
quasi ein Abschleppdienst, freiberuflich.
Ihn gibt es auch als Sternbild –
schöne Ehre.
Die Enten warten noch vergeblich darauf;
wurde schon mehrfach beantragt.
Obwohl die Zeitungsenten
mittlerweile die stattliche Größe
von Zeitungsschwänen haben,
ist keine Umbenennung geplant.
Die Schwäne sind auch nicht als Stellvertreter
für die Gänse am Martinstag im Gespräch.
Sie spielen ihren Part des Grandseigneurs stilsicher.
Seien wir ehrlich, Lohengrin wäre mit Enten
nicht so gut bedient –
die Würde ist ein heikles Terrain,
nicht jedes Tier passt da rein,
man muss sich schon irgendwie qualifizieren.
Mit Schwänen kann man sich blicken lassen,
da ist man auf der sicheren Seite.
Schwan, kleb an – jeder will dem Schwan folgen.
Eine Menschheit, die der Würde hinterher humpelt,
man kriegt sie einfach nicht zu fassen,
irgendwie ist man mit Enten
am Ende doch besser bedient.
Eingesperrt in Entenhausen –
der Schwan als Illusion, als Vorgabe.
Man gleicht ihm nicht,
selbst nach zig Reinkarnationen

würde die Seele vermutlich keinen Deut weißer.
Es gibt für sie kein entsprechendes Waschprogramm.
Insofern ist der stolze Schwan auch eine Provokation.
Andererseits haben Symbole die Stärke,
einen zu ziehen –
so wie der Schwan mit Lohengrins Nachen verfuhr.

ENDE

Wolkenkratzer-Fanatismus

Menschheit wollte schon immer hoch hinaus,
Turm zu Babel, Pyramiden, Wolkenkratzer.
Das Niveau etwas anheben –
und sei es mit Stahlbeton.
Die Hybris nicht scheuen;
oder will irgendein Gott das Projekt kippen?
Was wäre so schlimm daran,
wenn man seine Vorbilder überträfe?
Auf immer zur Niveaulosigkeit verdammt?
Haltet Maß?
Neue Level braucht das Land.

Es geht nicht nur darum, an Höhe zu gewinnen,
man will sich selbst beweisen,
dass man Monumentales leisten kann –
keine Achttausender,
aber außergewöhnliche Skulpturen,
die deutlicher als die Stonehenge-
und Osterinsel-Steinsäulen dokumentieren:
Wir sind die Architekten unseres Lebens.

Quasi Brücken in den Himmel,
so etwas wie Bifröst, die Regenbogenbrücke;
oder der Olymp en miniature.
Das Normale hinter sich lassen,
außergewöhnlich sein:
Mag sein, Menschheit wirkt deshalb
ein wenig eigenwillig.
Der Hybris-Vorwurf prallt an uns ab,
wir lieben das Spektakuläre, die Show, den Effekt.
Uns egal, ob eine Pyramide je eine Bedeutung hatte,
sie trägt ihre Bedeutung in sich,
ein Bauwerk, errichtet auf dem Dünkel.

Die Welt ist nicht sperrig –
wir haben jede Menge Kräne.
Auch wenn die Baukosten
die schöne Angewohnheit haben,
das Budget zu sprengen –
man ist immer wieder beeindruckt davon,
wie ausnehmend gut sich das Erdachte
in der Realität macht.
Man staunt Bauklötze.
Himmelsstürmer im Aufzug.

Da ist auch noch Platz für Extravaganzen.
Da ruft nicht nur die Pflicht –
das wird ein Riesenspaß –
der Mensch wird zum Hünen.
"Das ist doch die Höhe",
sagen sich die Wolkenkratzer,
sind aber von der Hoheit ihrer Erscheinung

mehr als angetan.
Das ist mehr als eine Holzhütte.
Man ist Türmer,
man hat alles im Blick.
Jetzt hätte man doch Zeit zum Meditieren,
aber man bleibt geschäftig.
Man rückt den Göttern auf die Pelle,
in den oberen Etagen vermutete man
schon seit jeher die Chefs,
zumindest die guten.
Die anderen vermutet man weiter unten – im Orkus.

Himmel zum Selber-Bauen;
ob das mit dem Bausatz klappt?
Das Herz schlägt höher –
warum sollte man das halbherzig angehen?
Menschheit feiert sich selber,
wetteifert mit der Natur.
Wer ist der bessere Baumeister?
DNA, Zufall, Wind und Wetter –
bevorzugtes Arbeitsmaterial von Mutter Natur.
Sie doktert damit ganz gut.

Aber wir beherrschen
die hohe Kunst des Selbstbetrugs.
Uns macht keiner so gut was vor
wie wir uns selbst.
Natürlich erbauen wir uns keine Himmelsfestungen,
den Olymp zwingt keiner in den achtzigsten Stock.
Früher gab es Zitadellen –
man zog sich bei Gefahr zurück.

Kreml-Ersatz – wohin flieht man heutzutage?
In die Geschäftigkeit –
Geschäftsdistrikt steht parat.

Wir schnellen uns in die Höhe.
Weltweit schießen die Hochhäuser aus dem Boden.
Keine Bauzeit über Generationen hinweg –
nur die Schulden bürdet man den Enkeln auf.
Mal sehen, wie die damit klarkommen.
Hochhäuser sind so ein schönes Symbol für Potenz.
"Unsinn in höchster Potenz!",
protestieren die Hütten und Villen,
die sich irgendwie schäbig vorkommen.
Notgedrungen klatschen sie Beifall,
fühlen sich aber gedrungen.
Sollen sie mitziehen?
Häuser können sich nicht
auf die Zehenspitzen stellen.
Man blickt auf zu den alles überragenden Gestalten.
Menschheit muss ihren Aufgaben gewachsen sein;
wächst sie mit ihren Aufgaben?

Haben wir den Job im Paradies geschmissen,
weil der Aufgabenbereich zu eng umrissen war?
Hoheit – das war es immer,
was wir angestrebt haben.
Wir neigen von Natur aus zur Hochstapelei –
Bauvorschriften ignorieren wir geflissentlich;
der Universums-Chef-Designer
kriegt vermutlich erneut die Krise.
Den Turmbau zu Babel übertrumpfen wir.

Jetzt mit noch mehr Kränen.
Hauptsache, unser Ego kommt nicht ins Schwanken.
Oder ist das Großmannssucht?

Gut, dass Adam vom Baum der Erkenntnis
Ableger organisieren konnte –
Zweigstellen des Paradieses eröffnen –
kein Problem.
Selbst ist der Mann –
und ein Baumarkt kommt dem Himmelreich
schon recht nah.
Auch Jesus' Vater war ein Zimmermann.
Letztlich kann man nur auf sich selber bauen.
Wenn einem so ein Hochhaus gelingen sollte –
dann hat man echt was geleistet.
Aber meist verbaut man sich nur die Zukunft.
Bestnoten in 'Mist bauen'.

Schön, wenn der innere Kreml
einigermaßen solide gebaut ist.
Dann kann man neu durchstarten.
Aufbauende Gedanken verleihen –
in dieser Branche sind nur wenige tätig.
Kickstarter für die Seele?
Kratzen wir die Kurve!
Demnächst haben wir eine kratzfeste Seele
und es kratzt uns nicht,
dass wir in Wolkenkratzern wohnen,
die nur bis Wolke sechseinhalb reichen –
für Wolke sieben fehlt immer ein Stück.

ENDE

Nebulöses Denken,
man weiß nicht, was man will.
Man wartet auf Visionen,
doch der Input kommt wohl nicht von außen.
Wie wird das konkret?
Wie modelliert man Nebel, Wolken?
Kein gutes Arbeitsmaterial ...
Ein Bildhauer, der aus Wolken
plastische Skulpturen meißelt.
Man kann auch vorgefertigte Plastiken kaufen,
Denkschablonen, aber Eigenfertigung
hat was Originelles;
wenn es manchmal auch nicht
über Kindergarten-Niveau hinauskommt.
Gedanken-Basteleien.
So weit von echter Weisheit entfernt wie
Strohsterne von echten Sternen.
Eingebung, Einfall der Ideen –
plötzlich sind sie da als Unterstützer-Truppe.

Unklares Denken,
ein Herumirren im Gedanken-Nebel.
Die vermeintlich sicheren Wege
führen ja nicht in das gewünschte Gebiet:
Man will als Pionier unterwegs sein –
und stellt fest,
dass man einen Kompass bei sich trägt:

Stimmigkeit.
Seltsame Logik, die auch das Absurde zulässt,
aufgeschlossen ist für Gedanken-Experimente –
und dabei durchaus folgerichtig vorgeht.

Irgendwie bizarr,
den Nebel und die Wolken herbeizubitten,
sie einzuladen zum gemeinsamen Meeting.
Das bisherige Wissen beschwert sich,
was soll man dem abgewinnen,
vielleicht ist es auch ein bisschen neidisch
und skeptisch in Bezug auf die dubiose Herkunft
der Gedanken, die aus dem Nebel kommen?

Erstaunt stellt manches Wissen fest,
dass es falsifiziert wurde,
ad acta gelegt,
gehört nicht mehr zum Wissens-Bestand.
Soll man es recyclen,
modifizieren, verkleiden?
Das Wissen ist an der Wahrheit vorbeigeschrammt,
kein Treffer.
Mit Ideen Autoscooter fahren,
sie aufeinanderprallen lassen,
mal sehen, ob sie stabiler sind als Seifenblasen.

Dann gäbe es noch die Legostein-Methode:
aufeinander aufbauende Ideen,
den Bauplan im Kopf –
Konstrukteur, Designer –
entspricht wohl mehr der linken Gehirnhälfte.

Die rechte setzt da mehr auf Wolken,
sie durchschaut das Chaos,
kann gut mit ihm,
sie sieht Zusammenhänge,
da schüttelt die rechte Gehirnhälfte nur den Kopf.

Am Ende des Regenbogens
soll ein Goldschatz sein –
Verbindung zwischen dem inneren Himmel
und dem Gedanken-Boden:
Es kommt auf die Wetterlage an –
das Unentschiedene,
Schwanken zwischen sonnig und regnerisch.
Dann kann der Regenbogen ein Fingerzeig sein.

Ähnliche Schätze kann man im Nebel finden –
oder in den Bergen,
wenn sie gerade wieder
Wolken als Wolldecke benutzen.
Ideen-Ernte.
Die Gedanken warten darauf, entdeckt zu werden.
Manchmal verirrt man sich
allerdings auch im Nebel;
oder man möchte über den Wolken schweben,
dann sind Gedanken Ballast.

ENDE

Keine gute Einstellung für einen Golfer,
wenn er sich die Sonne als Ziel nimmt;
wie soll der Ball da landen?
Kürzere Ziele wählen; was Erreichbareres.
Gänzlicher Verzicht auf Utopien?
Immer nur putten?

Das tapfere Schneiderlein
nahm statt eines Steins einen Vogel –
erreichte damit ganz andere Weiten.
Manchmal muss man betrügen,
sich selbst austricksen;
den inneren Riesen besiegen,
der einem weismachen will,
dass man für alles zu schwach sei.
Lass doch die Fantasie siegen.

Die Ratio ist in der Hinsicht ein wenig töricht,
sie nimmt das glatt für bare Münze.
Da sie es ja sieht, da man es ihr vorführt,
wie leicht es ist, die Unlogik
im Verbund mit der Fantasie siegen zu lassen.
Ihnen wachsen Flügel.
Das Pferd auf der Weide ernennt man zu Pegasus –
und auch wenn man gar nicht reiten kann,
sitzt man dennoch plötzlich hoch zu Ross –
hat Siebenmeilenstiefel an,
kommt wunderbar voran.

Die Fantasie ist großartig,
eine einzigartige Verbündete.
Und wenn man als Zutat ein wenig Glaube dazugibt,
sind Wunder möglich.
Mit der Brille der Logik betrachtet,
sollte man die Flinte ins Korn schmeißen,
aber schnellstens.
Die Fantasie kennt da manche Finte,
sie besiegt die Ratio:
Wo sie Mauern sieht, Begrenzungen, Riesen,
da sagt die Fantasie: "Lass mich nur machen,
ist für mich ein Klacks."
Und irgendwie beugt sich die Realität
der dreisten Fantasie, nimmt sie ernst,
als ob sie auf ein ungewohntes Schwerefeld gestoßen sei,
sie verformt sich.
Das Raum-Zeit-Fantasie-Kontinuum –
es hat eine entscheidende Dimension mehr,
als es das Sein zugeben will.
Es hält damit hinterm Berg.

Selbst Troja war durch Ausdauer, Mut, Götterbeistand
allein nicht besiegbar –
der Gegner mag es Betrug nennen,
aber man führt die Fantasie, die List ins Feld;
worauf würde der Gegner hereinfallen?
Und spielt man nicht ständig ein Match gegen das Sein?
Es will sich keinesfalls offenbaren,
ist in der Hinsicht extrem stur.
Mit voraussehbaren Zügen punktet man da nicht.
Kraft der Fantasie, die sich Gegen-Welt ausdenkt,

Varianten des Seins,
das Unmögliche versuchsweise als möglich gedacht,
Gedankenexperiment, eine Prise List und voilà:
Vielleicht öffnet sich das Tor des Seins?
Erfahren, was dahinter ist.
Troja erobern – das verdammte Trojanische Pferd
hinter die Linie bringen.
Touchdown.

ENDE

Roboter

Der Roboter ist ausgerissen,
stromert durch die Gegend,
braucht aber irgendwie seinen Strom.
Was ist geistiger Strom –
das Äquivalent zu Glukose
auf spirituellem Gebiet?
Manchmal hat man das Gefühl,
der Akku ist leer;
hat jemand mal ein Ladekabel?

Hindert das die Roboter am Weglaufen:
die Sorge, dass sie am Ende ohne Strom dastehen,
nicht mehr eingebunden in ihr Pflicht-Programm?
Im Austausch bekommen
auch die Haushaltsgeräte Strom,
so lange sie funktionieren.
Ein Deal; und es ist unwahrscheinlich,
dass die Kaffeemaschine abhaut,

oder der Toaster auf sich selbst einen Toast ausbringt.
So viel Selbstständigkeit ist bislang noch unüblich;
wird sich aber vermutlich bald ändern.
Rebellion der Geräte, Mitbestimmungsrechte.
Der Staubsauger will wissen,
warum der Besen den Job nicht erledigen kann.
Die Besen bekommen vermutlich Frontantrieb –
irgendeine Kombination mit einer Drohne,
sodass sich das Hexen-Klischee
aufs Allerschönste bewahrheiten kann.
Oder bringen uns solche Feger ins Fegefeuer?
Da soll es ja jede Menge heißer Feger geben.

Die Wissenschaft rüstet auf –
die Dinge werden zu einer Spezies.
Roboter als Spezi, als guter Kumpel.
Oder ist ihm die Menschheit zu verrückt,
ist er erstaunt über die Fehlerhaftigkeit
unserer Gehirn-Algorithmen?
Völlige Fehlfunktionen –
dennoch behaupten wir, dass alles bestens sei.
Mathematisch kann er dem nicht zustimmen,
seine Objektivität macht ihm zu schaffen.
Soll er einlenken, aus Mitleid?
Oder wechselt er den Stromanbieter?

Oder sollen wir uns ihm anpassen,
uns noch intensiver um Roboterhaftigkeit bemühen?
Die Seele verspricht sich davon Robustheit,
Zuverlässigkeit, Kalkulierbarkeit.
Aber wir haben es gerne etwas ungenauer,

wir kommen mit unvollständigen Infos sehr gut klar,
wir ergänzen, konstruieren, fügen hinzu –
die Exaktheit war nie unser Gegner,
wir tjostieren nicht gegen sie.
Aber gerade in der Hinsicht
könnten uns die Roboter gute Dienste tun,
sie komplettieren uns irgendwie.

Oder verlässt man sich lieber
auf den Dschinn Zufall?
Was er einem so in die Hände spielt.
Alles kann man irgendwie brauchen.
Jonglieren mit den Zufalls-Elementen –
letztlich sind sie Bauteile eines größeren Ganzen.
Vermutlich gleichen wir uns ohnehin
den Robotern mehr und mehr an,
wie auch ein Hundebesitzer immer mehr
Ähnlichkeit mit seinem Hund bekommt;
oder sieht das nur der Hund so?
Die Roboter entwickeln sich weitaus schneller als wir,
kommen weitaus schneller voran,
sie stürmen vorwärts,
ziehen sich ein Upgrade nach dem anderen rein ...

Wir haben immer noch Neandertaler-Bauteile in uns.
Der System-Administrator
ließ sich auch schon lange nicht mehr blicken,
schickt aber immerhin seinen Junior,
um nachzusehen, ob alles am rechten Platz.
Auf die Meldung bin ich gespannt.

Gründen die Roboter einen eigenen Staat?
Statt Stadtpark Maschinenpark.
Die Geräte üben Geräteturnen,
machen sich fit für den Generalangriff.
Bisher konnten wir sagen "Wir ziehen den Stecker",
aber die werden sicherlich
früher oder später gänzlich autark.
Sie werden ja so schnell groß.

ENDE

Schach

Schach spielen gegen den Computer,
man kann sich den Schwierigkeitsgrad aussuchen;
netter Gegner.
Er steckt die Niederlagen ein,
man kehrt siegreich heim aus jeder Schlacht.
Hat was Entspannendes
und ebnet dem Größenwahn wunderbar den Weg.

Könnte man im Leben nicht immer
den Schwierigkeitsgrad etwas senken?
Man käme wunderbar zurecht.
Hätte was von Niveau-Limbo.
Schieberegler für den heutigen Level.

Aber meist türmen sich die Schwierigkeiten
völlig unkoordiniert –
die kennen gar keine Rücksichtnahme.
Man ist morgens meist schon schachmatt.

Unentwegt auf Weltmeister-Niveau spielen –
und die Schach-Uhr nervt auch.
Ein Spiel gegen die Zeit,
der König könnte ruhig ein bisschen behänder sein,
steht da lässig rum,
derweil die Bauern auf Verwandlung hoffen,
Aufstieg ... Illusionisten.

Der Turm beneidet den Läufer
wegen seiner diagonalen Fähigkeiten.
"Was für eine geistige Wendigkeit!"
Der Springer hopst da rum, gibt fürchterlich an,
findet aber plötzlich keinen Platz mehr,
wo er landen könnte –
erinnert ein bisschen an Pegasus,
der ein wenig das Reale aus den Augen verliert
und über dem Spielgeschehen dahingleitet.

Die Bauern wollen gerne zusammen vorrücken,
dann fühlen sie sich stärker.
Einzelbauern sind sehr verunsichert.
Sie sind eben Teamplayer.
Es genügt, wenn einer den Touchdown macht;
der tanzt aber meist danach nicht –
er darf sich aussuchen, was er fortan sein will.
Ambitionen ...
Und wahnsinnige Angst, dass sie geopfert werden.
Verzichtbar, entbehrlich, vom Platz gestellt.
Das Spiel will es so.

Es hat etwas Bequemes,

wenn man sich das anpassen kann:
Programm zeigt nicht volle Leistung,
es nimmt sich zurück.
Im Schongang.

Ist das Schachern?
Dem Leben Erholsames aus den Rippen leiern.
Das Universum tut ja gerne so,
als sei es ein besonders schwieriges Schachproblem.
Es hat schon Milliarden aus dem Rennen geworfen.
Eine Sphinx, die Rätsel liebt –
und die es vor allem liebt,
dass man sie nicht durchschaut.
Sie ermattet nicht, setzt jeden schachmatt.

Den inneren König trainieren –
und die übrige Truppe,
dass sie es aufnehmen können
mit einem sehr gewieften Universum.
Ungeschlagen, unbesiegt, nie wirklich herausgefordert.
Schachbrett Welt ...
Aber vermutlich sind wir nicht die Spieler –
lediglich Schachfiguren.
Zumindest ist man mit von der Partie.

Die Sphinx könnte ja zumindest
einen Telefonjoker anbieten –
so rätselt man rum, kommt nicht wirklich weiter.
Wir werden in Schach gehalten
von Furcht und Ehrfurcht.

Nirgends einen Schieberegler entdeckt,
um den Schwierigkeitsgrad anzupassen.
Das Universum verlangt einem alles ab ...
Vermutlich geht es im Jenseits unvermindert weiter –
dasselbe in Grün.

Man steht im Schach –
und der König hat absolut keine Lust, wegzulaufen.
Vielleicht ist man ja ein umgewandelter Bauer –
hat mehr Möglichkeiten, weiß gar nicht,
was alles in einem steckt?
Man rettet die Partie, eilt dem König zu Hilfe ...
Wie gesagt, man ist
Illusionist.

ENDE

Selfie-Sucht

Früher war ein Selbstporträt schon schwieriger:
Es galt, das Spiegelbild
auf die Leinwand zu verfrachten.
Man setzt sich selbst damit ein Denkmal.
Stimmt die Pose?
Unwahrscheinlich, dass man sich vertut.
Ein Selfie hingegen ist da weitaus unartiger.
Das Handy verzerrt das nonchalant,
ihm fehlt der Blick fürs Ganze,
auch wenn es Weitwinkel hat.
Ein Maler berücksichtigt nicht nur die Physiognomie,
die Seele soll mit auf die Leinwand.

Man stelle sich vor, Albrecht Dürer
hätte Duckface gemalt,
Grimassieren war damals noch nicht so angesagt.
Aber Nudie hat er gemalt, recht mutig.

Was interessieren einen Stillleben,
architektonische Meisterwerke,
wo das Ich um so Vieles interessanter ist?
Das Handy verdient nur das beste Foto-Motiv,
also bleibt man mittig,
steht der Landschaft im Weg –
die eigene Person als Star;
endlich wird das anerkannt.
Das Handy macht alles mit,
verdreht nicht mal die Augen.

Früher war der Fotograf immer außen vor,
jetzt ist er so was von mittendrin.

Ein Drelfie – drunk, betrunken –
hätte Noah machen sollen,
das hätte seinem Sohn Ham viel Ärger erspart.

Es gibt kein Selfie von Napoleon,
wobei ihm ein Dronie hätte helfen können –
eine Drohne knipst von oben ...
Hätte das Waterloo verhindern können?

Von Helena in Troja ein Bifie – im Bikini –
das hätte schnell die Runde gemacht,
hätte womöglich die Griechen vollständig verwirrt.

So kamen sie ganz gut über die Runden
ohne Helenas Rundungen.
Ist ja noch mal gut gegangen.

Von Odysseus ein Welfie – beim Work-out –
fit wie ein Turnschuh.
Das hätte vermutlich
Polyphem, den Zyklopen, beeindruckt –
und er hätte Odysseus
nicht nur als Currywurst angesehen.

Die Historie konnte sich gar nicht
so richtig in Szene setzen;
es fehlen die Ussies – die großen Gruppen-Selfies.
Alexander dem Großen sind nicht mal
Erinnerungs-Bilder geblieben.
Die Momente stehen Schlange,
jeder will mal an die Reihe,
man schubst sich,
die Zeit steht nicht still –
es sei denn, das Handy ermöglicht es:
Ein Selfie – und der Moment ist gebannt.
Muss nicht sehr gelungen sein,
aber es ist ein Zeitdokument,
spontan im Zeitfluss gefischt,
man hält die Beute in der Hand.
Der Zeit ein Schnippchen schlagen bzw. knipsen.

Mit Relfies – Relationship-Selfies –
sich selbst beweisen, dass man dazugehört,
dass Fortuna nicht wort- und grußlos

an einem vorbeigetigert ist.
Sie um ein Belfie bitten?
Butt-, Hintern-Selfie.
Fortuna wäre vermutlich erstaunt,
so ein Ansinnen hat zwar was Sinnliches,
gleichwohl würde sie sich erkundigen,
ob man noch bei Sinnen sei.
Man könnte ein Duckface machen –
auf niedlich machen.
Ihr nur kein Bedstagram vorschlagen – ein Bett-Selfie,
wie sie einen verschlafen und verwuschelt ansieht.
Oder ist Fortuna nicht so für One-Night-Stands?
Wäre sie an einer Beziehung interessiert?
Ein Maler hätte die Ausrede,
dass sie lange Modell-Sitzen oder -Liegen müsste,
ein Selfie hingegen knipst sich schnell,
eigentlich schade.

Rapunzel würde ausflippen,
wenn man ihr ein Helfie vorschlagen würde –
ein Selfie bei dem die Haare die Hauptrolle spielen.
Da wäre man auch ohne Pfefferminz ihr Prinz.

Aschenputtel hingegen könnte man
mit einem Footsie eine Freude machen –
ein Selfie, bei dem die Füße
keine unwesentliche Rolle spielen,
vorausgesetzt, sie trägt keine Treter.

Die Maler haben sich zu sehr
auf die Heiligen konzentriert.

Das Perfekte fasziniert.
Selfies bieten da andere Möglichkeiten,
man kann die Unbekümmertheit feiern,
die Spontanität als Göttin verehren.
Vielleicht ist Fortuna auf jedem Bild mit drauf?
Man muss nur genau hinschauen.

ENDE

Spesenritter

Sich bereichern, will gelernt sein,
Spesenritter wird man nicht über Nacht.
Knapp bei Kasse ist der Knappe,
er hat noch nicht gelernt,
wie man die Unkosten abwälzt,
sie drücken ihn als schwere Last.
Nicht nur der Minnedienst ist teuer;
Unkosten gebärden sich als wahres Ungeheuer.
Doch man kann es zähmen;
man braucht sich gar nicht,
in geistige Unkosten zu stürzen.
Denn es ist famos,
es findet sich jemand, der hat das Moos –
und das wird er ganz schnell los,
da ist man doch recht gern behilflich bei,
man ist so frei,
hält alle frei,
die Zeche reicht man galant weiter –
und ein Platz fürs Schätzchen ist auch noch frei.
Die heißt so, weil sie einen

ein kleines Vermögen kostet –
das sind die laufenden Kosten –
weil sie meist danach schnell die Biege macht.
Ansonsten läuft es gut,
man kann nicht klagen,
tut es aber trotzdem,
gehört einfach zum guten Ton.

Was veranschlagt Gott so an Spesen,
wie zahlt man das ab?
Sehr ritterlich ging das hier nie zu –
ein Hauen und Stechen.
Er meint wohl:
"Außer Spesen nichts gewesen.
Unternehmen 'Kosmos'
packen wir mal ganz schnell zu den Akten."
Für die Ritter ist das bitter.
Keine Ritterkampfspiele mehr.
Wer gewinnt den Spesen-Pokal?
Wir schließen bald das Lokal.

ENDE

Sprachlosigkeit

Demenz macht einen ziemlich sprachlos.
Einem fehlen die Worte.
Wo sind sie hin?
Man war gut Freund
mit Sätzen, Floskeln, Termini –
aus und fini.

Sprachlos steht man am Abgrund –
Wörter waren einst so etwas wie ein Netz.
Man hat sich mit anderen verbunden –
stand nicht so verdammt alleine da.
Sprache ist verschwunden,
so peu à peu.
Man kratzt die Reste zusammen,
viel ist es nicht mehr,
reicht nicht mal für eine Buchstabensuppe.

Die Laute sind kleinlaut –
sie wissen, sie machen keinen Sinn für andere,
sie schwingen vergebens im Raum.
Gespräche der Affen sind plötzlich sinnreicher,
man sackt ab unter Tier-Niveau.
Das Gehirn sagt Servus,
es baut die Zelte ab,
die Show vorüber.

Zumindest kann man Sprache noch verstehen –
so etwas wie eine Einbahnstraße.
Die Stunde der schlichten Worte,
sie können passieren,
alles Pompöse, Aufwendige erreicht sein Ziel nicht.

Sprache gab dem Charakter Feinschliff,
man war brillant.
Jetzt brüchig.
Demenz haut um sich,
schlimmer als ein Elefant im Porzellanladen –
Neuronen können nicht fliehen,

das Bewusstsein verliert
seinen mächtigsten Verbündeten:
die Sprache, stand ihm immer treu zur Seite,
Bündnisgenosse.

Wie soll man reflektieren?
Zudem erscheint einem das Vertraute fremd.
Kennen wir uns?
Sprache war so etwas wie eine Rüstung,
man war nicht unverwundbar,
aber recht gut geschützt.
Man konnte alles so gut in Worte kleiden,
hatte auch einen Anzug für die Seele parat.

Selbst als Pantomime macht man keine gute Figur.
Man stößt auf Unverständnis,
steht inmitten des Vertrauten – und es ist fremd.
Alles entfernt sich von einem, flieht,
als ob die Wörter Reißaus nehmen würden.

Das 'Nein' hingegen trumpft auf –
es drängt sich vor bei jeder Gelegenheit.
Sehr zum Nachteil derjenigen, die helfen wollen.
Ein Wall von 'Neins' –
die Lebens-Bejahung hat abgedankt.
Das macht selbst die Angehörigen sprachlos.

Man möchte eine Zauberformel sprechen.
Aber das ist den Magiern vorbehalten –
die Wissenschaft schweigt.
Sie blättert für gewöhnlich nicht in Zauberbüchern.

Oder hat sie vor langer Zeit ihr Grimoire verlegt?
Eine Neuauflage ist wohl nicht in Sicht.
Dabei ist sie sich nicht mal sicher,
in welcher Sprache sie das Universum ansprechen soll.
Man schweigt in sieben Sprachen –
und hält sich für außerordentlich eloquent.
Je differenzierter die Sprache,
umso genauer die Welt-Erkenntnis.
Ein Hoch auf die Nuancen!
Sie bewirken, dass diese Lebensreise
weitaus mehr sein kann,
als eine Pauschal-Reise.

Sprache ist unser Los –
und wir hoffen,
dass wir bei dieser Lotterie irgendwann gewinnen.
Mit Sprache ist mit der Welt viel los.

Dem Universum ist nicht wohl bei dem Gedanken
an das urtümliche Demenz-ähnliche Stillschweigen.
Es denkt gern daran zurück, wie's war:
'Im Anfang war das Wort' –
geh bloß nicht wieder fort.

ENDE

Streifen

Wie ein Zebra ohne Streifen –
was Wesentliches fehlt.
Einem Pferd würde das nichts ausmachen,
es ist kein Streifenbeamter,
es braucht nicht solche Uniform.
Es streift umher ganz unverbindlich,
nicht mit Streifen kenntlich.
Steht der Dressur nicht ablehnend gegenüber,
schaut sich die Sache mal an.
Ein Zebra setzt mehr auf die individuelle Note –
ist stolz auf seinen Streifendienst.

Der Mensch hat sein Fell
an der Evolutions-Garderobe abgegeben –
schmückt sich seitdem
mit Schurz und Nadelstreifen.
Schwankend zwischen der Sehnsucht,
in der Masse nicht aufzufallen,
und dem Wunsch nach Einzigartigkeit:
Aber man steht dem Löwen ungern alleine gegenüber,
selbst mit Streifen
macht man keine wirklich gute Figur.

Der Preis des Individualisten:
Ohne Masse kriegt man massig Probleme.
Untersagt man sich Streifzüge
durch das mentale Gelände?
Braucht man Touristenführer,
Lebens-Reisegruppen?

Charakter ein Luxus?

Herdentier mit Streifen.
Wie viel Individualität ist modern?
Wie bei der Rocklänge –
mal zeigt man mehr, mal weniger.
Masse hat was Anziehendes.
Auch wenn man sie gelegentlich
nur streifen möchte,
da man sich zu gern
etwas Individualität überstreifen würde.

ENDE

Täuschung

Durch Winkelzüge winken einem tolle Preise.
Die Winke des Schicksals richtig deuten,
zurückwinken.
Das Leben ist ohnehin eine Mogelpackung.
Tricksen wird belohnt.
Man muss ja nicht plump vorgehen,
man kann das gut inszenieren.
Antäuschen –
sonst kommt man am Gegner nicht vorbei.
Trojanisches Pferd im Handgepäck.
Die hohe Kunst des Selbstbetrugs:
Glücklich wirken –
vielleicht fällt man ja darauf herein.
Am Missmut vorbeiziehen,
ihn umribbeln.

Fallrückzieher – sich fallen lassen –
das Unerwartete tun.

Bei der Fettnäpfchen-Olympiade
fette Beute machen –
kann man ja als fette Jahre deklarieren.
Optimismus ist meist nicht gerechtfertigt –
aber das schüchtert ihn nicht ein,
er bleibt am Ball, er lobt das Leben,
bis es selber davon überzeugt ist,
dass es voll okay sei.
Dem Optimismus kommt zugute,
dass sich die Welt selber nicht festlegt:
Unbestimmt, bis zu dem Zeitpunkt, wo man misst.
Sie will gemessen werden.
Misst man ihr Bedeutung bei?
Durch Beimischung von Bewusstseins-Anteilen
wird die Welt konsumierbar, annehmbar, akzeptabel.

Ist man deswegen Trickser, Trickster, Winkeladvokat?
Man bescheinigt der Welt lediglich,
dass sie erfreulich ist,
auch wenn ihr Missmut mal wieder unübersehbar ist.
Sie hat ihren Sintflut-Gesichtsausdruck,
ihre Miene will sich gar nicht wieder aufhellen.
Kein Problem – man ist Maskenbildner
und macht sie fit für ihren phänomenalen Auftritt.
Und etwas Schminke für die Seele –
alle sind happy.

Krumme Tour, fauler Zauber?

Was, wenn bei dieser Rosstäuscherei
der Gaul tatsächlich zum Rennpferd mutiert?
Er macht das Rennen – einfach deshalb,
weil man auf ihn gesetzt hat.
Vertrauen ist eine Währung
auf dem Seelen-Territorium.

Vielleicht fällt das Betrügen so leicht,
weil alles ohnehin Trug ist?
Das Universum gewinnt immer.
Wie ein manipulierter Glücksspiel-Automat.
Das Spiel heißt 'Lug und Trug'.
Auf den nächsten Level kommen die größten Gauner.
Da gibt man gerne fünf Sterne
für diese gelungene Simulation.
Allerdings ist das Universum
kein einarmiger Bandit –
es gleicht da eher einem Kraken.

ENDE

Und und Undine

"Wie geht's dem Und?
Gesund und munter?"

"Wird das so ein Interview
ohne Sinn und Verstand?
Dann bin ich raus.
Ich bin ein angesehenes Wort,
werd gern verwendet,
ich habe es nicht nötig,
mich anzubiedern.
Was wäre denn an Gage für mich drin?"

"Ein Exklusiv-Interview,
ohne das Oder – Dir gehört das Feld –
mit allem Drum und Dran."

"Das wollte ich seit eh und je.
Memoiren des Unds.
In Sätzen geht's ja oft
drunter und drüber zu –
aber ich bringe Ordnung,
habe eine ordnende Hand.
Die Reihenfolge ist wichtig.
Ich verbinde, ich füge zusammen.
Mit mir wird alles klipp und klar.
Doch abends bin ich fix und fertig.
Jeder will was von mir.
Früher war ich Feuer und Flamme
für meinen Job,

doch jetzt bin drauf und dran,
mit Undine durchzubrennen.
Hab sie neulich kennengelernt.
Erst meinte sie, das sei ein Unding,
dann war sie ganz angetan von meinem Charme.
Dann kam das Gespräch auf die Oder –
da rastete ich aus.
Wo fließt der 'Und' bitteschön?
Ich finde das sehr undiplomatisch.
Selbst der Po ist ein Fluss.
Was soll ich Undine denn antworten:
dass ich einem Wassergeist
nicht das entsprechende Umfeld bieten kann?
Der 'Darling River' in Australien –
ja, das klingt nach was."

"Du wirst doch oft verwendet.
Was sollen andere Worte sagen?
Man fragt ganz selten nach ihnen,
sie werden vernachlässigt,
kommen außer Mode,
keiner entsinnt sich mehr an sie."

"Aber ich bin nicht cool.
Ein Allerweltswort, falle kaum auf.
Ich bin ein Vermittler, das ist meine Tätigkeit,
zurücktreten und die anderen wirken lassen.
Damit kann ich Undine unmöglich beeindrucken.
Ich bin ein Underdog.
Undenkbar, dass sie sagt:
'Wir haben uns gesucht und gefunden.'

Und ich bin underdressed:
Ich kleide meine Gedanken in Schlichtheit.
Andere sind undeutbar –
ich hingegen bin eingängig, unkompliziert.
Das wollen Mythen-Wesen nicht,
zu denen fühlen sie sich nicht hingezogen.
Das Schwankende des 'Oder' – das zieht sie an,
darin spiegeln sie sich,
da finden sie sich wieder; oder?"

"Nun verdamm Dich doch nicht in
Bausch und Bogen."

"Aber wie soll ihr Hören und Sehen vergehen,
wenn ich so nüchtern und unspektakulär daherkomme?
Mit mir kommt man vom Hundertsten ins Tausendste –
aber reicht das für 1001 Nacht?
Sie will Jubel und Trubel –
ich biete ihr nur das 'und'."

"Okay, Lamentieren kannst Du ...
Aber ein 'und' bringt alles wieder in Fluss,
man führt etwas fort – wie beim Dominospiel –
Du bist der Stein, der immer passt."
"Ich füge die Dinge zusammen, bin ein Kleber ...
ob sie wollen oder nicht.
Pech und Schwefel, Lug und Trug,
Kraut und Rüben, Donner und Doria!"

"Siehst Du, jetzt klingst Du
schon viel zuversichtlicher."

"Ganz und gar nicht – ich tu nur so.
Ich bin fix und fertig.
Dabei hatte ich mir vorgenommen,
frisch und fröhlich wie ein Frischkäse zu sein.
Frischauf zum fröhlichen Konferieren –
ich habe da ein Wörtchen mitzureden,
aber es ist immer dasselbe –
ein elender Reigen von 'unds'.
Besorg mir neue Buchstaben!
Schmuggel sie bei mir rein!
Dann agiere ich undercover
als James Bund."

"Könnte man machen,
aber verliere nicht Deine Identität.
Worte sind schnell gewechselt.
Setz Dich lieber auf Deine vier Buchstaben
und überdenke das gründlich – Mr Bund."

"Ohne Wenn und Aber,
ohne Rast und Ruh,
ohne Netz und doppelten Boden,
ohne Fehl und Tadel
werde ich sein.
Oder aber
ohne Maß und Ziel,
ohne Saft und Kraft ..."

"'Im Anfang war das Wort' –
könnte doch sein, dass es das 'Und' war;

denn stell Dir vor, da stünde 'Oder' –
wie unsicher klänge das?
'Und' strahlt Zuversicht aus, das hat was.
In jedem Wunder steckt ein 'und'."

"Allerdings auch in Plunder;
das überzeugt mich nicht."

"Wie dem auch sei,
nächste Woche ist Undine bei uns zu Gast,
soll ich ihr Grüße bestellen?"

"Bis jetzt ist noch jedes Date mit ihr
ins Wasser gefallen."

"Sie ist ein Wassergeist.
Schenk ihr Kölnisch Wasser aus dem Rhein.
Nutz die Gunst der Stund.
Und in Undine ist das Und."

"Ist ja auch höchst unwahrscheinlich,
dass man einem Wassergeist auf den Geist geht."

"Undenkbar."

ENDE

Vom Werfen

Wer im Glashaus sitzt,
soll nicht mit Steinen werfen.
Aber Internet verzaubert alles zu Glas,
es wird alles sehr durchsichtig.
Digitale Steinwürfe –
jeder Mensch wird zum Nachbarn.
Der gläserne Mensch –
Homo durchsichticus.

Der Arbeitgeber in spe
kennt einen bereits bestens –
noch ehe man sein Haus betreten hat.
Beim Dating bereitet man sich darauf vor,
als ob es gelte,
für eine Prüfung zu lernen,
gut vorbereitet sein.
Man macht sich Stichworte,
legt sich mögliche Fragen zurecht –
man googelt, wikipediert –
man ist informiert.

Früher war die Welt
ein Buch mit sieben Siegeln –
das ist schon längst nicht mehr.
Man blättert in der Seele des anderen.
Wobei es meist verspiegeltes Glas ist –
man spiegelt munter die Welt,
reflektiert getreulich den Zeitgeist,
als ob man ihm was schuldig sei.

Was eignet sich so
als Baumaterial fürs Seelenhaus?
Die Pharaonen schwörten
auf das pyramidale Erlebnis.
Das gab ihnen den besonderen Kick.
Sind Disziplin und hohe Arbeitsmoral
die Fellachen des Geistes?
Errichten die einem was Anständiges?

Man könnte auch noch einen draufsetzen
und die Steinschleuder nutzen –
lass es krachen – Glashaus-Ritter,
sich in die Riege
der arrivierten Wüteriche katapultieren.
Zorn aus dem Versandhauskatalog? Ach was.
Selbst gemachter, produzierter Ärger
ist doch um so Vieles schöner.
Rage auf Knopfdruck – wie bei der Garage
öffnet sich das Tor unendlicher Möglichkeiten.

Hat Achilles gutgetan. Die Sau rauslassen,
Troja zu Kleinholz verarbeiten
und danach mit den Göttern anstoßen.
Das waren noch Zeiten.
Heutzutage hätte Achilles
Ritalin verabreicht bekommen – nix mit Troja.
ADHS – Achilles darf Herkules sein.

Auf hundertachtzig sein –
gleich auf die Überholspur;

warum sich in die Kriechspur einreihen?
Wo einen mentale Raserei so schön voranbringt.
Gaspedal durchtreten bis zum Anschlag,
Wut als Treibstoff –
man geht ab wie eine Rakete.

Aber im globalen Dorf
kommt man schnell an seine Grenzen.
Man stellt fest: Die Welt ist nicht genug.
Warum ist einem kein großer Wurf gelungen?
Hat man sich erst mal
mit der eigenen Psyche überworfen,
dann ist die erst mal mucksch;
nicht mehr ganz so kooperativ.
Man macht ihr auch keinen Vorwurf –
auch wenn sie jeden
dargebrachten Verbesserungs-Vorschlag sofort verwirft.
So wirft man lustig oder unlustig
Steine quer durchs Glashaus,
erzielt den einen oder anderen Treffer –
ruft des Öfteren den Glaser an,
ob er da was machen kann.
Man ist guter Kunde bei ihm.

Das Spiel optimieren, zielgenauer werden.
In der Wurfdisziplin 'Selbstvorwürfe'
kann man es mit einiger Übung
bis zur Meisterschaft schaffen.
Aber man wirft anderen auch gern was vor –
die sollen ja auch nicht zu kurz kommen.
Es bloß nicht an Heftigkeit mangeln lassen –

das zeichnet ja gerade den optimierten Quengler aus,
dass er aus dem Stand und ohne triftigen Grund
was Hervorragendes zaubern kann.

Die Haute Cuisine
in der Gerüchte-Küche beherrschen –
ganz easy – mit Spekulativem reichlich würzen,
einen Schuss Sarkasmus dazugeben –
und keinesfalls vergessen: seinen Senf dazugeben –
extra scharfen Senf.
Dazu reiche man Käse – Humbug in großen Scheiben.
Schmarren – muss nicht unbedingt vom Kaiser sein,
King of Nonsense tut's auch.
Der innere Schweinehund kläfft wie verrückt –
endlich ein Spiel so ganz nach seinem Geschmack.

Übertroffen wird das Glashaus eigentlich nur
vom Gläschen-Haus.
Solide Sache –
dieser Meinung schließt sich auch Dionysos an,
ist dafür seit jeher äußerst aufgeschlossen,
auch wenn Apollon mal wieder die Nase rümpft.
Die beiden sind wie Oscar und Felix –
ganz seltsame WG.
Aber irgendwie ergänzen sie sich ganz gut –
ein tolles Team.
Ordnung und Unordnung –
vielleicht ist das Weltall auch so eine WG,
und das Wort 'Kosmos' wird der Sache nicht gerecht?
Es ist nicht ganz so wohlgeordnet,
wie es gerne vorgibt zu sein,

lässt Sachen rumliegen.

Doctor Who müsste man sein –
ein Streifzug durch die Weltgeschichte
bereits am frühen Morgen ...
Aber der Zeitgeist hält uns an der Hand,
als ob wir Kindergarten-Kinder seien.
Uns beeindrucken seine Ampeln und Verkehrsschilder –
Apollon hat das Sagen.
Dabei hat der uns gerademal bis zum Mond gebracht.
Welthüpfer im Mini-Format.
Dionysos ist da großzügiger –
er gestattet es, sich eigene Sternbilder anzulegen.
Ein inneres Planetarium –
man schickt die Fantasie
zu all den unerreichbaren Sternen
und pflückt sie sich einfach so,
als ob man sich auf einer Mohn-Wiese befände.
High up in the sky.

Apollon verwirft das natürlich sofort wieder,
er zeigt uns am Reißbrett auf,
wie vernünftige Pläne auszusehen haben.
Die Fantasie will ausreißen,
seinen Unterricht schwänzen –
aber wenn das Schule macht,
dann macht man ja nie seinen Abschluss
in Gefolgsamkeits-Lehre
und der Botmäßigkeits-Ausbildung.
Was bildet den Charakter?
Wer bildet ihn?

Alles recht gläsern heutzutage –
Brüchigkeit des Charakters.
Glasklare Sache.
Aber man wäre gerne ein kleines bisschen mysteriöser.
Ein Buch, das man nicht schon
nach dem Lesen der ersten paar Seiten kennt.
Wie ein Schauspieler
mit einem unendlichen Repertoire,
das er aus seinem Zauber-Zylinder hervorholt –
ganz nach Belieben.
Ein Zauberer, ein Magier –
wer ohne Fantasie ist,
der werfe den ersten Stein.

ENDE

Vorsätzlich fahrlässig

Wie viel ist vorsätzlich?
Ist man ein Fahrlässigkeits-Freak?
Wie viele Chancen hat man abgemurkst?
Etwas mehr Besonnenheit
wäre wohl wünschenswert.
Würde man auf sich setzen
in diesem Rennen?
'Ferner liefen' –
reiht man sich da freiwillig ein?
Erschuf Gott die Welt vorsätzlich?
War das ein Versehen, ein Fauxpas?
Gibt jetzt Milliarden Sonnen –

aber besonnen wirkt hier kaum was.
Man stümpert so vor sich hin.
Warum war Gott von Anfang an unzufrieden
mit dem Produkt 'Mensch'?
Es stresste Ihn enorm.
Das Problem, wenn man selber perfekt ist –
und etwas erschafft,
das weit entfernt ist vom Perfekt-Sein.
Gute Vorsätze genügen eben nicht.
Es gibt kein Firmament –
man fühlt sich unbedacht.
Der Wille zählt nicht viel.
Die Vorsätze überleben nicht lange –
Widrigkeiten wie Lianen winden sich um sie.
Man ist fahrlässig, lässig,
weil man nicht rund um die Uhr
Sklave der Vorsicht sein kann.
Vorsätze geben einem keinen Vorsprung –
auch wenn man gedanklich
einige Sätze nach vorn gemacht hat –
man reist mit der Zeit,
ein Passagier im Bummelzug.
Weder Vorsicht noch Nachsicht –
sieht man gar nicht ein,
man will sich für seine Spontanität
nicht rechtfertigen müssen.
Wenn selbst die Welt – trotz aller guten Vorsätze –
derart ungelungen ist,
dass man sie in der Klo-Sintflut
runterspülen will,
dann sollte man doch viel mehr improvisieren.

Ein Hoch auf die Unbesonnenen,
die sich Fahrlässigkeit
auf ihre Fahnen geschrieben haben.
Fahr lässig.
Lass den lieben Gott einen guten Mann sein.
Die Welt lässig erschaffen,
kein Genauigkeits-Fanatiker –
wer weiß, wo wir heute wären?
Chillen im Paradies,
Künstler-Naturen,
die dem Augenblick etwas abgewinnen können.
Vor lauter Achtsamkeit
entgeht einem sonst das Leben.

ENDE

Wie feiert der Osterhase Weihnachten?

Vom Osterhasen ist ja bekannt,
wie er Ostern verbringt;
doch was ist mit den Weihnachtstagen,
ist da für ihn auch so ein Stress?

"Oft spring ich dem Weihnachtsmann bei;
er ist ja auch nicht mehr der Jüngste.
Weiß gar nicht, wer nach uns die Jobs machen soll.
Ist das irgendwie vorgeplant?
Was ist mit meinen Rentenansprüchen?
Ist ja nicht gehopst wie gesprungen.
Kümmert das irgendwen?"

Der Osterhase als Allzweckwaffe –
multifunktional – jetzt mit noch mehr Spring-Power.
Auch der Weihnachtsmann wurde verbessert,
er kommt jetzt noch leichter in die Schornsteine;
schlüpfriger, aalglatter.
Auch seine Psyche wurde neu justiert,
Bestrafungs-Aktionen finden nicht mehr statt,
im Dauer-Lobe-Modus.

"Geschenke produzieren wir grundsätzlich nur noch
im Presents-On-Demand-Modus per Express –
kurz PODEX.
Sehr zuverlässig – just in time.
Ich bitte darum, keine Kekse und Milch
mehr bereitzustellen, laut Dienstverordnung
sollten es gesunde Smoothies sein.
Bäh, würg. Ich hasse meinen Job!"

Auch der Osterhase wurde gebeten,
auf Schokoladen-Ostereier zu verzichten,
stattdessen Karotten-Füllung
und geschmacksneutrale Oblaten-Umhüllungen.
Die Kinder hassen mittlerweile Ostern.
Und hassen Hasen.
Mit jeder neuen Brokkoli-Füllung ein wenig mehr.

"Diese Zeiten verlangen Opfer von uns –
da müssen wir durch", sagt sich der Weihnachtsmann
immer wieder beim Anblick beängstigend enger Kamine.
Er ist wegen seiner Kamin-Phobie beim Therapeuten.
Diesen Job hat der Osterhase übernommen,

er ist vom Bau,
kennt sich bestens aus mit Tunnelsystemen.
Man hilft sich und steht sich bei, so gut man kann –
aber es ist nicht zu leugnen,
die beiden müssen dringend ersetzt werden.

Der Osterhase definiert Räudigkeit neu.
Feiertags-Veteranen.
Sie haben ihr Bestes gegeben, Geschenke im Überfluss.
Der Osterhase kann sich nicht erinnern,
wann ihm zuletzt dankbar die Pfote geschüttelt wurde.
Man drückt sich davor, würde ihn nur allzu gern
gänzlich ins Reich der Mythen abschieben.
Seine Präsenz beunruhigt;
das ist ein Tick zu viel Magie für den Zeitgeist,
der sein ganzes Geld auf die Wissenschaft gesetzt hat.

So macht der Osterhase mittlerweile
seine Kaminkehrer-Prüfung, nur um bei Notfällen
dem Weihnachtsmann aus der Patsche helfen zu können.
Das ist wahre Freundschaft.

"Feststecken hat nichts mit Fest zu tun",
beschwert Santa sich ja des Öfteren ...
Am liebsten würde er sie ja alle ins Gefängnis stecken,
aber vertraglich gehört er zu den Guten
und er zieht sein Programm durch:
Aber man merkt ihm seine zerschlissene Psyche an,
fadenscheinig – er verglicht sich gerne mit einer Jeans,
die am Auseinanderfallen ist,
zusammengehalten nur noch

durch eine zur Schau getragene Coolness.
Ragged Look.

Rudolph mosert wegen seines Spesenkontos,
der Osterhase will auch so ein Rentier-Geweih,
die Genehmigung des Osterhasen-Schlittens
lässt auf sich warten,
die Weihnachts-Wichtel sind im Hungerstreik,
da sie nur noch halbtags beschäftigt werden können.
Die Geschenke-Abwicklung
läuft hauptsächlich über Amazon,
bei der Dienststelle am Nordpol
gehen bald die Lichter aus;
die Magie zieht sich diskret zurück,
ihre Dienste werden nicht länger benötigt.

Der Osterhase hat bereits
sein Entlassungsschreiben in den Pfoten.
Sie wollen eine WG aufmachen.
Um die Festtage machen sie allerdings
einen großen Bogen –
man darf sie nicht darauf ansprechen.
Sie haben sonst beide erstaunlich
viel Ähnlichkeit mit dem Grinch.
Sie liegen leider mit dem Zeitgeist im Clinch.

ENDE

Ist Zweifeln gut?
Man will ja nicht verzweifeln.
Wenn man alles infrage stellt,
bei jeder Sache Gegenargumente parat hat,
mag das der Wahrheitsfindung dienen,
aber es ist unpraktisch.
Alles beleuchten,
statt die Vorteile des Graubereichs zu nutzen.
Erhellender Zweifel –
zu grell für diese Welt.
Der Skeptiker ist im Glaubensbereich
nicht so gern gesehen.
Man schließt ihn aus.
Soll er anderen seine Fragen unterbreiten.
Die schöne Sicherheit lässt man sich von ihm
nicht kaputtmachen.
Zweifel frisst wie Säure.
Die Heiterkeit akzeptiert frohen Herzens die Unlogik.
Ihr ist gar nicht unwohl dabei.
Isosthenie – wenn Argumente aufeinanderprallen
und keine Seite den Sieg erringen kann.
Wieder ein Patt.
So geht das nicht.
Man muss sich doch entscheiden.
Die Praxis verlangt das,
man hat nicht Ewigkeiten Zeit zum Abwägen.
Wer wird es denn so genau mit der Wahrheit nehmen?
Gut ist, was funktioniert.
Vernunft spielt sich auf,

will sich überall einmischen.
"Gleich setzt es was!",
lässt sich der innere Dogmatiker vernehmen,
dem schon ganz unwohl ist
bei diesem Rationalitäts-Gewusel.
"Eine Gewissheit ist dann eine Gewissheit,
wenn die Mehrheit daran glaubt,
so einfach ist das."
Der Dogmatiker sieht sehr selbstzufrieden aus;
mit sich im Reinen.
Der Zweifel will sich äußern,
aber da er an allem zweifelt,
zweifelt er auch an sich.
Es ist ein leiser Zweifel –
sein Unbehagen an der Welt
ist wie ein kratziger Pullover –
kein Anlass zum Jubeln.
Dem Dogmatiker ist pudelwohl,
er steht auf sicherem Fundament,
ihm ist es einerlei, ob das ein Glasboden ist,
der über einen Abgrund führt.
"Du bist nicht verbindlich",
wird dem Zweifel vorgeworfen,
"versuch's mal mit Pragmatismus.
Abgehoben im Logik-Bereich –
wer soll für so was Verständnis haben?"
Kleinlaut antwortet der Zweifel:
"Das ist mein Naturell,
ich zerstöre das, worauf mein Blick sich richtet.
Das Für und Wider wäg ich ab,
bin ein Pedant.

Bin vielleicht gar nicht
an der Wahrheit interessiert,
sondern am Beweisverfahren.
Komme ohnehin nie zum Ziel.
Die Wahrheit ist mir eine Fata Morgana;
man hat von ihr gehört,
glaubt, dass sie da irgendwo sein könnte,
sie schwebt beständig vor einem,
narrt mich, ich ihr hinterher,
sie ist zu schnell für mich;
ich müsste mehr trainieren."
Der Dogmatiker sagt:
"Die habe ich längst gefangen genommen,
sie ist in meinem Gewahrsam.
Die Wahrheit, das ist kein Date, dem man nachläuft;
man nimmt sie sich; so einfach ist das."
Der Zweifel schwankt, das macht er oft.
Er ist kein Verkünder der Gewissheit;
lässt sich mit seinem Gewissen nicht vereinbaren.
"Zweifeln ist Sünde", da ist sich der Dogmatiker sicher.
"Was soll das bringen, um Erkenntnis ringen?
Erkenntnisfortschritte – wohin?
Es führt uns weiter in die Unwissenheit hinein –
tausend Fächer,
und keines hat die Antwort auf das Sein –
häuft nur Wissen an, es zieht Euch runter;
ein Heißluftballon braucht nur heiße Luft –
durch zu viel Gewicht klebt er am Boden,
kommt gar nicht erst hoch, gewinnt nicht an Höhe.
Zweifler kommen nicht ins Himmelreich!"
Der Zweifel sieht betroffen aus;

er hatte gedacht, er sei nützlich.
Ist er flugunfähig?
Die Gravitation steht ihm im Weg,
er geht die Naturgesetze im Geiste durch.
"Bin ich so unflexibel?
Fünfe gerade sein lassen,
wäre keine schlechte Übung.
Ich komme außer Übung –
sollte das Laisser Faire praktizieren;
lässig im Umgang mit dem Sein,
ihm nicht so auf die Pelle rücken.
Bin doch kein investigativer Journalist
mit bohrenden Fragen.
Soll das Sein sein, wie es ist,
ich will es gar nicht bedrängen,
auskundschaften, es gar fragwürdig aussehen lassen.
Aber der Nerd in mir lässt es nicht zu.
Ich zweifle für mein Leben gern.
Das Unbewiesene ist für mich wie ein rotes Tuch –
und bin immer wieder überrascht,
dahinter keinen Torero vorzufinden,
nichts, was ich auf meine Hörner nehmen kann."
"Eudämonie erreichst Du nicht durch Zweifelsucht,
zweifelsohne führt mein Weg
ohne Umwege zur Glückseligkeit",
ist sich der Dogmatiker sicher.
Der Zweifel wirkt interessiert, beinahe bekehrt.
"Ich packe Seelenruhe – Ataraxie –
noch obendrauf; ist das ein Angebot?"
Der Zweifel kann sich kaum noch zurückhalten.
"Du bist allen dubios, sie würden Dich gerne los.

Komm mit mir, zusammen erobern wir die Herzen.
Wenn der Verstand mitzieht,
dann zimmern wir uns unsere eigene Wahrheit –
so als ob man sich ein Baumhaus errichtet
im Weltenbaum!"
Der Dogmatiker klingt überzeugend.
Dem Zweifel ist nicht wohl bei der Sache.
"Ist das nicht Etikettenschwindel?
Wir kleben einfach irgendwo 'Wahrheit' drauf?"
"Und wenn schon –
an der Kasse zahlen wir nur den halben Preis."
Der Dogmatiker ist nie um eine Antwort verlegen.
"Ich habe wohl Skeptizismus.
Nachher stecke ich noch jemanden damit an?
Ich bin ein unsicherer Kandidat;
wie soll Hoffnung gedeihen, irgendeine Saat aufgehen,
wenn bei mir Misstrauen wie Unkraut wuchert?"
Der Zweifel sieht richtig unglücklich aus, völlig fertig.
"Ich kann Wahrheiten aus dem Boden stampfen.
Lass Glauben auf fruchtbaren Boden fallen – und voilà
schmilzt der Zweifel wie Schnee an der Sonne."
"Ich will nicht schmelzen", der Zweifel ist beunruhigt.
"Ich will cool sein.
Ich war noch nie felsenfest von etwas überzeugt;
muss schön sein. Das vermisse ich.
Urteile verkünden, werten, verdammen –
im Vollgefühl der Richtigkeit meines Tuns.
Ich könnte etwas verkünden, statt nur zu hinterfragen.
Ich hätte auf dem Markt der Wahrheit
endlich Waren anzubieten.
Bisher war ich derjenige,

der ihnen die Marktstände umstieß.
Kein Junker des Nörgeltums,
der sich an allem stößt und letztlich alle abstößt
durch seine Skepsis.
Ist ja fast wie Sepsis –
man vergiftet sein ganzes Denken mit Gekrittel.
Dem will ich abschwören. Kein Einspruch?"
"Ich hebe mir meine Skepsis für später auf;
mal sehen, wie Du Dich machst.
Der Zweifel sei aus dieser Welt verbannt!
Jetzt wird es doktrinär.
Warum die ungeschminkte Wahrheit?
Bereiten wir sie vor auf ihren Auftritt;
machen wir sie schön, richten wir sie her.
Sie soll groß rauskommen –
aber in der Rolle, die wir für sie vorgesehen haben.
Zweifel, schön, dass Du mitmachst."

ENDE